光 light

她的泥泞,她的光

我们时代的
女性劳动者

○
张莉
主编

北京出版集团
北京十月文艺出版社

图书在版编目 (CIP) 数据

她的泥泞,她的光 : 我们时代的女性劳动者 / 张莉主编. -- 北京 : 北京十月文艺出版社, 2025. 5.
ISBN 978-7-5302-2474-8

Ⅰ. I25

中国国家版本馆CIP数据核字第2025ZL2162号

她的泥泞,她的光
我们时代的女性劳动者
TA DE NINING, TA DE GUANG
张莉　主编

出　　版	北京出版集团
	北京十月文艺出版社
地　　址	北京北三环中路6号
邮　　编	100120
网　　址	www.bph.com.cn
发　　行	新经典发行有限公司
	电话 010-68423599
经　　销	新华书店
印　　刷	北京盛通印刷股份有限公司
版　　次	2025年5月第1版
印　　次	2025年5月第1次印刷
开　　本	850毫米×1168毫米 1/32
印　　张	9.75
字　　数	140千字
书　　号	ISBN 978-7-5302-2474-8
定　　价	52.00元

如有印装质量问题,由本社负责调换
质量监督电话　010-58572393

版权所有,未经书面许可,不得转载、复制、翻印,违者必究。

序言：她的泥泞，她的光

张 莉

这是一系列以女性文学、女性文化为核心的主题书，关于女作家们所写下的我们时代生活与命运的改变。2024年出版的第一本主题书，题目是"拿起笔，制造光"，聚焦于女性艺术家。2025年，"光"系列第二本主题书，我们选择聚焦于我们时代的女性劳动者。之所以选择这个主题，与我童年时代的记忆有关。

我幼年的时候，夏天会去乡下奶奶家住。在奶奶家睡觉，早晨一睁眼总能看到墙上的一幅画。是那个时代常见的一幅宣传画，一位女性坐在拖拉机上，握着方向盘，梳着两个长辫子，额头饱满，笑容灿烂，那是当时典型的劳动女性形象。在我眼里，那位女拖拉机手充满了力量，熠熠闪光。那也是我心目中的理想女性形象：她是劳动着的，是健康的，是朴素的，是乐观的，是对未来抱有无限期许的，也是能够主宰自己命运的——哪怕她只是穿着工作服，戴着劳保手套，但她确确实实是美的。今天，我们时代的文学作品如何理解、如何书写女性劳动者，那些看不见的家务活、那些看不见的日常劳作、那些与女性劳动相关的一切是如何被理解被表现的，是这本书所关心的。

为了《她的泥泞，她的光：我们时代的女性劳动者》，我特别邀请了塞壬、彤子、阿依努尔·吐马尔别克、桑格格、范雨素、韩仕梅、王柳云七位女性写作者写下她们眼中的女性劳动者：在《她的声音》中，塞壬写下的是那位有着独特气质的女工赵月梅；在彤子那里，她写下工地上"泥水妹"们的工作与生活；阿依努尔·吐马尔别克在《单身母亲日记》里，写下的是她作为单身母亲的艰难与成长；桑格格则写的是作为雕塑家的晶晶的日常点滴；范雨素写下的是她作为家政女工的所见所感；韩仕梅写下的是她在田埂上的与诗歌有关的生活；王柳云写下的是她在做保洁工间隙的绘画与文学创作心路……她们写下劳作时的疲惫与脆弱,也写下劳作时的快乐与满足,不论是书写哪个工种、哪种劳动,这些文字都切肤而诚挚,让人读来心有戚戚。

为什么要以"她的泥泞,她的光"作为本书的主标题,尤其是为什么要选择"泥泞"这个词,是我想首先回答的问题。因为劳动者伴随着泥泞,那些在工地、在农田、在菜市场、在厨房里劳作的女性,身上并非一尘不染。"泥泞"是实指,它包括泥土、粉尘和污垢,同时也是象征,象征着人生的负累、重担和"灰头土脸"的时刻。但是,此书中的主人公们并未将这些视为泥泞。某种程度上,作家们写下的这些文字,是对"脏"的祛魅——这些劳动女性,她们诚实地面对生活,把"泥泞"变成她们身上的光。

从这个意义上来说,"泥泞"不只是尘土,不只是灰暗,还可以是女性成长道路上的沃土。我的意思是,作为劳动者,她们的身体沾染了泥泞,但是,在泥泞里种下"光",让淤积的疼痛裂变为诗,正是她们的力量与尊严所在。

在"光"系列的第一本主题书中我曾提到,2019

年以来，我一直在提倡一种"新女性写作"。我心目中的"新女性写作"，不只要写出"一个人的房间"里的挣扎，写出她们的势单力薄与幽微人性，更要写出她们的力量，写出她们对现实生活的直面与承当。我以为，在这些有关"我们时代的女性劳动者"的作品里，可以看到写作者们面对女性劳动所生成的"新的视角""新的语法"——劳动不需要被美化和浪漫化，劳动生活也不需要加糖处理，劳动就是劳动，泥泞就是泥泞，而生活本身便是面对许许多多的"泥泞"，同时，也要看见泥泞本身所携带的光泽。在这些文字里，写作者和所写的生活、所写的人物一起，变得闪闪发光。

我以为，这本书所收录的作品，展现了我们时代女性劳动者的力量，也呈现了她们的直面和承当。我也期待，未来有更多的创作者聚焦于女性劳动者的际遇，记下她们的日常生活与心灵世界。

当然，这一期我也邀请了摄影师项脊轩发表他的作品《流动的生活》，这是一组围绕女性劳动者的照片。摄影师的观察与捕捉是敏锐的，他意识到，

"相对于基层男性劳动者来说,她们不仅面临着来自生计上、工作上的压力,还身负家庭中'母职''妻职'的重担"。

对于收录在本书的照片,摄影师强调:"并不是扛着长枪短炮的设备刻意地摆拍,其间的光影、构图也并非刻意营造。我更关心的是,照片背后一个个真实且具体的生命,她们的遭遇与'历史',以及现下的困惑。"通过对普通生活和普通女性劳动者身影的捕捉,这些照片使我们重新看见、重新凝视她们的面容与身影:送外卖的女性、卖水果的女性、节庆活动中背着孩子的母亲、锅盔店的女主人、在乡间牵着马做导游的女性……照片中的女性劳动者与文字中的女性劳动者形成了内在的、强有力的呼应。

少年时代,我曾经读过陈学昭的长篇小说《工作着是美丽的》,尽管现在的我对小说细节已经记忆模糊,但是,那句"只要生活着,工作着,总是美丽的"却铭记在心,伴随着我的成长。事实上,"工作着是美丽的"也是当年流行一时的口号,它影响着一代又一代女性自我意识的觉醒。在当年,写下这句话固然是一位女性劳动者的信念使然,也是前辈女性关于工作、劳作之于女性意义的思考，更是那个时代对何为女性美、何为女性美好生活的崭新理解。我想，这与当下女性渴望事业的心境同根同源。

感谢北京十月文艺出版社总编辑韩敬群先生，责任编辑李婧婧、宋颖超女士，感谢本书的封面设计董茹嘉女士，没有他们的帮助和建议，便没有这项工作的顺利开展。

2025年4月15日

目　录

她的世界 …………………………………塞　壬　1

亲爱的"泥水妹"……………………………彤　子　29

单身母亲日记 ………阿依努尔·吐马尔别克　151

晶　晶 ……………………………………桑格格　183

我是范雨素 ………………………………范雨素　233

我可以成为怎样的自己 …………………韩仕梅　255

又是一年春好日 …………………………王柳云　267

流动的生活 ………………………………项脊轩　277

她的世界

塞 壬

一

小镇图书馆每年的读书节都有一个征文比赛，自我接手以来似乎变得隆重了。在征文启事发布之前总会有许多人问，塞老师，今年征文的主题是什么呀？今年的奖金有没有涨啊？我总是微微一笑，这笑里有一种"到时候你们就知道啦，总是问个没完没了真是烦死了"的傲娇感。先前就向馆里申请把获奖的名额和奖金增加了一倍，于是这小小的征文比赛忽然就引人注目起来。一件事情能不能弄得有滋有味，在于能否遇到有意思的文章和有意思的人。

我是说，这是一种属于我个人的任性评选。我从来就没有把这个征文当成是一场文学的考量，以那种所谓特别"文学"的标准去对待这些投稿，还煞有介事地定要把它们分出个胜负来——毕竟他们也不会真正从事写作。在这样一个小镇，让工厂、学校、社会上的文学爱好者提笔写读书征文，仅参与一下就已达到目的。然后组织颁奖，十多人获奖，拍照留影，馆里再出个新闻稿。最后去土菜馆摆两桌，不请领导，一大帮子人就这样相互认识了，酒到深处，说着自己与这个小镇的故事，和那些年丢失的文学梦。曾经有一个成名的作家也投稿过来，为了公平起见，我还是把一等奖评给他了。当我把获奖名单发给他的时候，他愣住了，塞壬，这征文的获奖者居然没有一个是作家，全是陌生的名字，是不是我这样的人不能投稿呀？我笑着说，没有没有，你获一等奖是当之无愧的。他沉吟许久，面有惭色地说道，我本是作家，阅读是分内的事，这征文的目的是倡议大家来读书的。于是跟我说了几声抱歉，说什么都不肯再接受这个奖了。这可真是个有意思的人啊。

2020年中秋节前，办公室来了一个中年妇女，身材高大，五十岁上下年纪，穿一身厂里的蓝色工装，戴着口罩，说是要找壬塞老师，她居然把我名字叫反了。我听见她很重的喘息声，忙让她取下口罩。电梯坏了，她爬上六楼。原来是过来投稿的，可是征文已经截稿了。但我还是接过了稿件，牛皮纸信封里是一篇厚厚的手写稿，圆珠笔写的，那字，几乎是车祸现场，多处涂了蓝色墨迹，再在旁边写着几个缩头缩脑的小字，笔尖太用力，纸都顶破了。我拧紧了眉头。

也许是注意到了我的表情，她说自己不会打字，本来是想让女儿帮她打出来再投进征稿邮箱，可后来想，投进邮箱要是弄丢了你没收到怎么办，她信不过电子邮箱，她得亲自把稿子送到我手上。靠近我的瞬间，我闻到令人不适的汗馊味。

信不过电子邮箱。这句话让人震惊。我疑心是否真的有人依然活在网络之外。

接着，她说了另一句让我更震惊的话：壬塞老师，你至少要给我评个二等奖。这奖金有两千块钱，刚好。

这个女人从她进门后说的每一句话都似平地起惊雷。那是一种在她的世界里绝对笃定且不容置疑的态度，特别硬茬。

我一时蒙住了。从来没有人这样跟我说话，赤裸裸，明要。要知道，我评这个征文可谓六亲不认。先前有人向我暗示自己是馆长的亲戚都不好使。我潜意识里，还是偏向于让更多的农民工作者获奖。但奇怪的是，她开口明要居然没有给人一种无赖、无耻的感觉。相反，我竟被一种莫名的强大气场给震慑住，居然生出要顺遂其意的念头。这太荒谬了。我定了定神，用一种谨慎的语气跟她说，我先看看吧，看后一定复你。我几乎是赔笑着。

她终于移开了那双钉死在我脸上的眼睛。转身往外走，在快要跨出门槛的时候突然扭头：你记住了，至少给我个二等奖。她的脸有陡峭的高颧，昂起的时候，下颌线硬朗有力，那声音是用牙齿发出来的，唇没有动。

我打开稿件。她叫赵月梅。

我几乎是摸爬着、半猜半辨、磕磕巴巴地读完了它。字难认，语法不通。我艰难地读完了它。心里久久不能平静。三千多字，她给我讲了一段跟一本书有关的爱情故事。出生在贫困的湖南乡村，十六岁初中辍学。这是那个年代绝大多数乡村女孩共同的命运。然而她带我进入了一个隐秘的内心世界。因为阅读，她与一个男同学代入了对一本小说男女主人公爱情的模仿中，对着书，念着书中的句子做了男女情欲的那件事。这本小说是张贤亮的《男人的一半是女人》。隔着那么长久的岁月，这本书之于情欲的烈度至今让我震撼不已。可以想见，在闭塞的乡村，身体暴风成长的少男少女共读这样一本书会引起的情欲地震。我是一个卑劣的读者，竟在阅读间期待那种露骨而肮脏的细节。然而没有。言辞仅限于发生了"那件事"。很自然地，这篇文章让我想起了王小波的《绿毛水怪》，它有一种青涩的浪漫，有泛黄的旧照片那样的年代感。它唤起了一种久违的情愫，人们对情爱最初的期盼。纯粹的灵魂与肉体的吸引。

这段经历让她对爱情有着极高的纯度要求。我知道这意味着什么，一个人对爱情的认知直接影响着她的人格与品行，她是在那样的准则中活着。紧接着，她的文字就一路破碎下来，继续读书的男友与辍学在家喂猪砍柴的乡村少女，故事的走向不言而喻，它毫不例外地呈现人性那残酷的部分。没有意外。但她并没有将这个结局归根为"是受到了一本坏书的影响"。她没觉得自己是受害者,而是经历了一场不计后果没有退路搭进整个生命的一场爱情。是人生中唯一的一次纯粹的燃烧。正如她说的,爱情没有成功与失败。只有有和无。

我面对的是一个黄金般质地的灵魂。它是人间的稀有物种。给一等奖?文字略粗糙了些,有很多句子不通,二等奖又着实委屈它了。来稿中多的是一本书的读后感,摘的心灵鸡汤,更多的则是带有教化色彩的劝诫,偶有亮眼的,也不过是因读书与人结缘、抑或是改变命运的励志故事。权衡再三,我给她评了一个二等奖。

打电话通知她的时候,她就嗯了一声,仿佛是意料中的事,没有一丝惊讶,只回了一句,来我屋里,我给你做擂茶。

二

她径自骑了一辆男式的旧摩托车来接我,把一顶有裂缝的白色安全帽递过来说,查得紧,还是戴上吧。她居然相信我不会嫌弃。那顶安全帽磕摔得满是划痕，油黑的颈带，闻着有汗渍的酸味。待我坐稳，她加大油门，呜的一声，车子脱缰而驰。过地下通道进入工业区外围，拐了几个长长的里弄，东莞本地人的旧宅基，平房，房前屋后窄窄的小路，有排水沟在侧，她踮着脚，慢慢地把车滑着走。过了一个小卖部，我们来到一处出租屋。

本地人的出租屋是那种低矮的平房，阴暗，沁凉。家家户户连在一起，过道铺的青石板，板缝间长着马齿苋。偶有一只猫"喵"的一声蹿出跃过轮前。这是我第一次见识本地人的老宅，为了防台风，人们把房子连成一片，一个村庄就像一个整体，这样就坚不可摧了。当我意识到，这些房子可能在宋代和清代就是这个模样时，不由得敬畏起来。然而，本地人在三十年前就已经搬进农民别墅区去了，因为祠堂还在，所以将它们保留了下来。这是东莞底层的出租屋。很多地方裸露出石砖，有风化的痕迹，半围着的院子里，长着高大的龙眼树。一枝枝火红的三角梅探出头来，外墙角还长着湿湿的苔藓，狗被拴在屋里，对着行人狂吠。往上走，看到下面的黑瓦屋顶晒着萝卜干、鱼干，瓦楞里积满落叶，长着野草。

赵月梅住的是一居室。房间正中间有一口井，手摇式的水井，井上搭了个水泥托子，搁了块木板，这就是一个简易茶几了。一张木架子单人床，一个双开门木衣柜，木沙发。靠窗有一张裸色木桌，码了几本旧书，一盏白绢罩小台灯。还有一个相框，照片中她贴脸抱着一个婴儿。地面的瓷砖有几个花色，纯白，蓝格子还有麻灰。角落有一棵粗壮的发财树，叶子翠绿繁茂。这屋子竟有一股禁欲系的原木风，简约，却有一种高级的审美。女人的房间，没有看到化妆品。甚至连镜子都没有。赵月梅说，这间原先是个小院子，是她十年前用工地捡来的砖慢慢盖起来的。难怪房间正中央有一口井。

你盖的？我还是难以置信，忍不住问。

对啊，我一个人用两个月时间砌起来的，不到四千块钱。瓷砖也是捡人家装修剩下的。不是那谁谁曾说过吗，女人得有一间属于自己的屋子。

太硬核了。房东让你盖？

租房合同都是五年起租，房东知道我们是来这里讨生活的人。再说了，我是盖又不是拆。

隔壁住着女儿女婿一家。他们在这里住了二十多年。一进主屋，竟挤满了女人，只为了招待我这个贵宾。我才知道，湖南安化人请你来家里吃擂茶是把你当成了贵宾。哪家来了客人，一个村子的女人都去她家里帮忙。

赵月梅抱出一个桶大的粗陶擂钵，坐在一张有靠背的竹椅上，把擂钵放在两腿间。旁边一个胖娘递给她一根手腕粗的圆头擂棒，钵里放了新鲜的茶叶，熟花生米，泡好的糯米、绿豆、藤椒叶。赵月梅抡起擂棒沿着钵壁研磨，那钵壁刻有细密的圈圈，很是粗糙，它加强了摩擦的锐度。她快速地摇动手臂，像是在演奏某种乐器。

忽然间，屋里的所有女子齐声唱了起来，那歌声高亢，裂帛般，响彻云霄。我惊讶那优美的和声部分，低柔地托着主体旋律，婉转悠扬，她们是如何懂得在没有乐器伴奏的情况下，让一首曲子有了如此绝妙的层次感。这壮丽的合唱像是站在山巅，将全部的激情从胸腔迸出，敞开无蔽，大开大合。赵月梅也唱着，她摇着擂棒画圈圈，那张靠背竹椅也咿咿呀呀应和着，她的表情，像是入了魔般沉醉。我只觉得眼前的一切无法形容，虽然唱词我一句都没有听懂，但所有的疑问、惊讶、震撼都被强行统一在一个绝对的旋律里。它是唯一的意志和存在。

一曲末了，茶浆擂好。细腻无渣，起着成串的小泡泡，微微眨动。那藤椒叶的香气霸道，灌进鼻孔，令人神清目明。这老宅有柴火灶、大铁锅，那锅早烧好了开水，只待茶浆下锅，赵月梅拿着木勺边搅动边吹着扑面而来的蒸汽。然后她把剥好的甜玉米粒撒进锅里，旋即，她又用木勺从旁边的陶罐里挖了一坨猪油混了进去。客厅的桌子上已摆好了各色点心和果子，洗干净的蓝边小瓷碗整齐地摆了一圈。赵月梅把煮好的擂茶盛在一个大肚铜锅里端了上来，那升起的热气模糊了她的脸。

一个梳着矮髻的老太太用一根细柄不锈钢勺子往汤锅里搅了搅，她轻轻地吹着，那闭目摇头的样子很美。然后把擂茶盛进一个蓝边小瓷碗里，三勺刚好，不深不浅。盛好后再扬手往上面撒了一撮熟芝麻。她优雅得像一只天鹅。她端起小瓷碗，双手递到我的面前。她的每一个动作都显得那么虔诚，像是在礼拜，仿佛漏掉一个细节这擂茶的美味就会烟消云散。

我哪里受得起这样的礼遇。一时不知道说什么好，连忙双手接住，笨拙地接住。老太太含着笑意看着我，满屋的人都看着我，我必须在众人的注视下喝完这碗擂茶，不能迟疑，不能有丝毫怠慢。一口气，大口灌下。我傻气的样子逗乐了众人。赵月梅笑着说，塞老师，擂茶不是这样吃的，要坐下来，就着甜品果子用勺子小口细品。

席间，我听闻安化人说这擂茶是到死都舍不下的。说一个人将死，就说他连擂茶都吃不下喽。安化人在哪里，擂茶就跟去哪里，三天不吃人发慌。每一个安化女人都会擂茶，母女间、姐妹间、妯娌间，边磨边唱着擂茶谣。我惊讶竟有十几户安化人住在这出租屋里，他们来自同一个村庄、同一个族系。二十多年，这擂茶硬是被生生搬进这东莞小镇，为了随时可以摘取新鲜的茶叶，他们就在院子里种上茶树和藤椒。他们把完整的文化移植到异乡，这也算是一种最后的倔强与坚守了。我和赵月梅顺着青石板路往上走，上到了高处的一个亭子，那儿的风很大。眺望远处，一整个村庄匍匐在脚下，它们安静地蹲着，像静默的海。二十多年，这些异乡人把这里活成属于自己的家园，并把属于自己族系的文明复制到这里。我不知道，东莞的出租屋有多少这样的村庄，他们把自己的村庄背在背上，停在哪里就扎根在哪里。

赵月梅，我要是不给你二等奖，你就不请我吃擂茶咯？

那是自然。

刚才唱的擂茶谣，歌词讲的是什么？

就男女那点儿破事。

奖金用来干吗？

给我外孙女买张折叠婴儿床。刚好两千块。

你文章写的都是真事儿？

我瞎编的。

你会坚持写作吗？

不会。我不是那块料。

她有一种不属于这个时代的智慧。我已经知道了。当我想倾诉却无人可诉时，这个时候就可以把电话打给她——赵月梅。至于擂茶的味道，我认为它是一种香气，是一种属于精神范畴的存在。它把你身体里所有的浊气给逼了出去，然后整个地腌渍你，腌晕你，最后又从你的毛孔散发出去。它清洗了你的肉身和魂灵。而不仅是填充了你的胃。

三

赵月梅的工厂没订单，停了，老板让工人回家等消息。可她是一天都闲不住的，第二天就去做日结工。我刚好也四处找活儿干，因不是熟手常碰壁，戴着度数这么高的眼镜，人又瘦瘦小小的，年纪也大了，工头一看就嫌弃。赵月梅听说我想进厂做日结，她哼哼冷笑，笑我这么金贵的人偏要找罪受。笑完，她跟我说，你算是找对人了，我可以带你去，不过，你写的狗屁文章千万别把我写进去。

于是我跟赵月梅去了一家音响厂。我好像被默认成其中一员，跟在赵月梅身后签名，填身份证号，扫工头微信，进微信群。待遇是每小时十四元，每天工作十二小时，包午餐和晚餐。我没多问，大概猜到工头是赵月梅的族人老乡。也就是一起住在城中村出租屋的湖南安化人。

音响厂是索尼的代工，我们二十多人坐货梯上到五楼。早有一个穿浅灰色工装的年轻女人候在那里，她把我们领进车间。瞬间，一股高分贝的噪声冲击耳膜，各种音乐的旋律混在一起，如同千军万马，踏遍你的全身。即使两人面对面讲话，都要大声喊，对方才能听见。几百平方米的车间，流水线有二十多垄，噪声是工作台上的音响发出的，工人戴着耳机在测试音色，选择的曲子都是能够呈现音色细节的激烈旋律，高音拉长，低音混响都开到极致，琵琶杀人不是胡话。这上千台音响同时发出各种不同的高强度曲调如同厮杀的战场。五分钟，我觉得头颅快要裂开了。

我在鞋厂刷过胶，那胶虽然无色无味，但我却能真切地感知甲醛的存在，仅十分钟就头晕想吐，熬过半小时后竟毫无知觉；在电子厂包装过铜线圈，塑胶和机油的气味也让我的胃翻涌；炎热的酷夏，被分到一个背靠铁皮墙的线位；有时一连站几个钟头给装好的线路板扫尘，踮着脚给机床注油；在金星直冒的电焊机边分拣烫手的模具。我都熬过来了。但我还是第一次面对噪声的挑战，它带给我如同空腹引发的心悸。每一秒都是煎熬。我本是一个喜静的人，长期的独处与自闭，喧嚣于我无异于利器锥心。我看了看赵月梅，她没有任何不适，显然她早已适应。

所有这一切，我只是短暂地在工厂体验。但我知道他们将落下严重的职业病，而且没有任何赔偿。赵月梅察觉出我的异样，她把我拉到旁边问我能否继续。此刻，我怎么能坐实自己是她口中的金贵之人？我怎么能让工头觉得她介绍过来的人是一个废物脓包？

最后，我跟一位矮小黑瘦的妇人一起被分到楼下一间摆满货架的仓库里。噪声隔绝，仿佛被人堵住了源头，听不见一丝声响。仓库里陈年的锈霉味与塑胶味显然没那么恶劣。我思忖着，这安排应该是得到了照顾。那么多人，他们别无选择，只能待在令人头痛欲裂的噪声车间。

我跟她的活儿很好做，就是用酒精布擦拭元器件上面的胶痕与划痕。要戴上指套，不能将指纹留在上面。漫长的，磨着时光的、毫无意义的机械工作开始了。我来此处的目的是接触到更多的人，尝试不同线位上的工作，我要在人多的地方观察人和环境。我希望能跟更多的人聊天，听他们说自己的故事。可我眼前的这位妇人似乎抗拒跟我说话，她紧闭着唇，锁着眉头。我们的眼神都没有机会交流。然而，她却先开了口。

你是梅姐的朋友吧?楼上包装音响可比这个累多了。

你在楼上干过?楼上干的什么活儿?

力气活儿,要搬几十斤的东西。我的腰不行,不得劲。

我隐隐察觉出她的口气不友好。似乎因为我是赵月梅的朋友她才敛住了某种恶意。紧接着,她嘟哝着说,两个人擦片,一天就擦完了,明天我也得上楼去喽。她的眼球往外鼓,眼皮快速地眨动着,微龅的牙,薄唇颤动了几下,似乎在表达未说出口的真正意图。

我终于明白了。本来一个人的活儿,现在由两个人来做,害得她要提早去干楼上让她腰痛的活儿。可是,梅姐的安排让她不敢有怨言。我的加入,也仅仅让工作的进度提早了一天。一天的安逸,一天的相对舒适,对一个女工来说,是锱铢必较的。这足以让她对我满怀恶意。要知道,我先前在另一家工厂因为跟一个女工争一个双脚能伸直的线位而较劲多日。

我决定上楼。我来此处的目的不是贪图一个安逸的线位。

赵月梅看见我上楼了。我们俩面对面使劲喊话。在那震耳欲聋的车间,在那悲伤的生存的场,一切的声音被碾压,一切的意志被碾压。那种荒诞,透支着生命的原力。我表达的意思是,你赵月梅能干的活儿,我也能。我的态度让她怔了一下。但她很快就理解了。

我跟一堆女工一起折纸箱。所有的纸箱成箱前是一个只有折痕的平面纸板。我跟她们一样,脱了鞋光脚踩在纸板平铺的地面上干活。我发现他们的劳动分配有一种家庭作坊的意味,赵月梅应该是那个能做主的人,类似于氏族的长老。女性作为弱者,会被分配相对轻一点儿的活儿。而她则跟男人一起,搬音响,先把它套在泡沫里,然后再塞进纸箱。那音响很大,半人多高,要两个人抬。我这里,神奇的一幕发生了,在专注于折纸箱的忙碌中,为追求速度我手脚并用,甚至跪在地上把纸卷起往前推滚。我竟然忘记了头顶那无处不在的可怕噪声,此刻它完全对我造成不了任何伤害。我惊讶于战胜它如此简单。然而就在中午收工的时候,巨大的噪声突然停了,周围陷入短暂的寂静,仿佛时间凝固在那里。人的声音终于显现出来。我从女工嘴里听到一个令人震惊的信息:楼下擦片的女工是赵月梅前夫的妻子,她是惯于占小便宜的。而赵月梅显然对她有着诸多的照应。

之前,在我跟赵月梅的交往中,其实一直忽略了一个人:她的丈夫。这个人突兀地空在那里,她从未提及,我也没问。

午饭是在工厂食堂吃的,排队打饭,小圆桌挤满了人。显然这不是讲话的时机。午休在车间,工人们躺在纸板铺的地上,男男女女,两两相对无禁忌,连线位的桌子底下都是人。只有四十几分钟,但我知道它能极大地缓解疲惫,并蓄上下午的体能。站起身,一地的人,他们手脚舒展,睡得四仰八叉,场面震撼。我在赵月梅身边躺下,她已发出轻微的鼾声。我们没有机会说话。已经做了外祖母的赵月梅干着像男人一样的活儿。她骑着那辆旧摩托车送水送煤气,她那双骨节粗大的手能砌房子还能写文章。我对着她宽阔的后背,无法安睡。跟我相比,她是绝对的弱者,而我却得到的是,她的照拂。

四

日结工也不稳定,时有时无。可她居然也有鄙视链,扫街道每个月四千多块,看不上。"低于五千的活儿我不干。"很快,她在微信里告诉我,她进了一家不错的公司,在食堂里当厨娘。面试时炒了两个菜,农家小炒肉和芹菜香干,当场被录用了。我时常想,她的人生多有趣啊,似乎每一天都不一样,总有意想不到的新鲜事物闯进来。有一次跟她语音,抱怨着身体各种小恙。我说最近老是尿频尿急尿痛,坐上马桶又拉不出来。她赶紧打断我说,你吃两粒头孢吧。我连忙吃了两粒,仅十分钟就止住了。我们从来没有谈过文学。我的作品,她也没有读过。但她对我有一个很厉害的评价,你是一个大女人。直到去年秋天,她打电话来说要请我吃饭,虽然我们同在一个小镇,却很少见面。

去年可真是艰难的一年啊,到处裁员。我多次去做日结工被拒。企业订单不满,自己的工人活儿都不满,哪里会招日结工呢?赵月梅公司食堂四个人要裁掉两个,而她以五十岁的高龄干掉了两个比她年轻的厨娘。这是她请我吃饭的理由。

我们在湘巴佬见面的时候,她看上去春风拂面,心情不错,大手一挥说,你随便点。她是迫不及待地想跟我分享她的赢。然而最后却又讪讪地说,其实也没什么,自己只是运气好罢了。

等菜的间隙,她就开始说了。公司宿舍旁边有一块空地,原先尽是砖头、石块和丛生的野荻,每天午饭后做完卫生,她就去收拾那块地,在车间借了个手推车把地里的杂物都清干净。从家里拿了小锄头,松地除根,起垄引渠,很快,她就种上了豆角、辣椒、茄子、丝瓜、黄瓜等各色蔬菜。还在地角种了一棵栀子花。盛夏,满园碧翠,开花的开花,挂果的挂果,一派生机。一天中午,她看见一个阔气的老太太带着一个小男孩在地里转悠,那孩子摘了几个大茄子抱在怀里。她忙走过去。那老太太见她走过来,就笑着说,这地是你种的吧?她说是的。老太太说,我看见过几次了,食堂的丝瓜炒蛋、拍黄瓜就是在园子里摘的吧。她就笑笑没说话。老太太说,我有时也会过来浇水,这块地你种得真好。我三天两头就带孙子过来看。

赵月梅说，就因为这块菜地，我才没有被裁掉，那三个厨工是公司的老员工。这老太太是老板的母亲。你说，我是不是太走运了？我快惊掉下巴了，一时不知道说什么好。为什么剧情会这样走？如此残酷的事，居然生出一种旁逸斜出的趣味来。我想，这种事，只能发生在赵月梅身上，而这，绝不是什么运气。这戏剧性的反转，是一种必然。一个人用她的勤与劳、智与善堵住了命运的黑洞，用玄学来解释，她身上的光为她挡了煞。

我说，这不是运气。你是凭实力赢的。

有一个厨娘跟主厨是相好。老板把我留下，主厨气不过，就处处给我穿小鞋。结果我就说了一句话，他就乖了。

一句什么话？

她没有回答。神色黯然。只说赢是赢了，但人家也丢了饭碗。

我说赵月梅，像你这样的女人，老天爷也治不了你吧？

她猛地抬起头看着我，说，是吧，你也这样觉得？我命格太硬、太独，注定是劳碌一生。她问我要不要喝两杯，我说好，她就叫了啤酒。

几杯下肚，她就跟我讲这命是怎么个独法。

二十三岁嫁给了同村的一个男人。父母的意思，收了彩礼。那个男人在小学教书，生得白净，挺体面的。好歹是个读书人，总比嫁个庄稼汉好。二十三岁在那个时候，已经是大龄了。乡村的女孩嫁得早。

我想打断她，想问一句"爱情呢"，后一想，爱情太奢侈，本不易得。且，结合那篇征文，她那时候的状况可能很尴尬。也许，她也只想找个本分人好好生活吧。

那男人考了几次正式老师皆落榜，几年下来还是个代课，他也灰头土脸，渐渐喜欢上摸牌赌博，输了回来就打人。嘴里还不干不净翻我过去的旧账。我只能忍着。忍他两年，孩子小，才三岁。

有一回他输了钱，我不在家，家里冷锅冷灶，他赶到我娘家打我。我们村子百来户，千把人，知根知底，他当着我父母的面打我。我真不能忍，再忍，我的父母就太可怜了。我用手挡住就要落在身上的拳头，再反手将他摁住，我把他的膀子生生摁在吃饭的桌子上，把头抵着桌子，他痛得嗷嗷叫。我的手像钢爪一样有力，他动弹不得，我一松手，把他甩出去，他摔了个狗啃屎。前来看热闹的众人哗笑，他生得矮小，又常年四肢不勤，没什么力气。我们那个地方，男人打老婆是常事，没有人劝架，男人女人在旁边起哄，拱火。

可是一个男人当着全村人的面被老婆摁住不能动弹，又被摔出去，这无疑是奇耻大辱。我让他沦为笑柄。事情到这个地步，几乎没有和解的可能。我的父母亲，反倒怪我不能忍，他们质问，哪个女人不是这样过来的？最后，我居然作为过错方带着女儿净身出户。要知道，他家旁边两间新瓦房，是我嫁过来后盖的。我在建筑工地做过泥工，夏天收稻，冬天挖藕，两季能赚五千块钱。

我那个地方的女人几乎没有离婚的。她们即使被老公打，也绝对不会离婚。我是唯一一个敢打老公、敢跟男人离婚的女人。你说独不独？随后，我把孩子甩给父母，一个人去东莞打工。二十多年前，我陆续从家乡带人来东莞打工，慢慢地，这些人就围在我身边，越聚越多，我们在东莞出租屋一住就是二十多年。那个男人第二年就娶了村里的寡妇，他被女人打过之后，人生似乎就委顿下去。后来几个村子的小学合并，他也没了工作，寡妇来找我，我就把他们带到了东莞。

说出来你可能觉得不可思议。一些恩怨竟烟消云散。他们住在我隔壁多年竟像亲人一样。在异乡，我们这个村的人好像变成了一家人，有活儿一起干，煮好擂茶挨家送，唱擂茶谣，喝谷酒，摸字牌，日子倒也快乐。好多小孩是在这里出生的，他们再也不会回到那个村庄。

"我们只是相互搀扶着活下去。"

这才是大女人。有大地的气息，能撑起一片天。她从来不纠缠谁对谁错。她意味深长地问我，塞老师也没有结婚吧？我显然跟她不能比。我无论做出怎样的人生选择，身边没有非议。可是她在那样的环境里，在打女人理所当然、男人是天、嫁了人就不得离婚的愚昧环境里就有了独立的女性意识，她的每一步都比我要艰难得多。

赵月梅后来也一直未婚。我们相视一笑。最后，她要跟我谈文学。

五

我实在不愿意赵月梅也变成一个跟我谈文学的人。她于我而言是一个独特的存在。她是文学本身。她比太多作家更开阔更深沉也更有力量。她跟我谈起张承志的《黑骏马》,说是最初读到的时候感到震撼的是索米娅被草原恶棍玷污后怀孕,奶奶居然说了这样一句话,那句话是一个女人对另一个女人的祝福,可以生养,我们索米娅可以生养,可以成为母亲,这是多么幸运的事。我记得这句话,在草原文明的背景里,它彰显的是一种生命的孕育与传承,就像大地、天空、生长、死亡,都是自然生发的事物,它完全消解了道德伦理与审判。然而,女性读者可以共鸣也正是生命孕育的奇迹、母亲的奇迹。塞老师,我生我女儿的时候身边没有一个人,我自己铰的脐带。

她喝多了,竟是泪流满面。我以为她是不会轻易流泪的。这钢铁般的女人,老天爷也拿她没办法的女人,竟在我面前流泪。她抬起头看着我说,我一直承受着自己是过错方,辩无可辩。这么多年了,没人意识到，她也是委屈的，也是会疼痛的。我再也绷不住了，任两行清泪长流。以前，我只是在文字中流泪。

春节期间，我看了贾玲演的《热辣滚烫》，这是一部典型的女性视角的电影，一个女性的成长，最后是可以坚定地、清晰地说不。当贾玲以瘦身英姿飒爽地出现在公众面前时，底下有女性粉丝喊她老公姐。我当时细细琢磨"老公姐"这三个字，这是非常帅气的女人才配拥有的三个字。无关性别，它属于雌雄同体的优秀灵魂。我脑中瞬间出现了一张女人的面孔，她，赵月梅。

亲爱的"泥水妹"

彤 子

我们应记着,广厦万千不会自个儿长出来,我们能安居乐业是有人在默默成全。

——题记

序

我的出生地三水,别称淼城,是佛山市下属的一个区。我于2007年进入了区建筑业协会,主要负责建筑工人技能培训和房屋建筑市政工程的安全生产检查,也因此能经常接触工地上的建筑工人。随着城市化扩张得越来越快,十三年间,淼城也因其地理优势,得到了飞速的发展,现已颇具都市气质。建筑业的突然发展,势必引起建筑工地用工荒,近年建筑工人工资上涨厉害，因此吸引了不少女性放下了相对"体面"的厂工，成为建筑工人。建筑工人，在本地俗称为"三行佬"，"佬"在粤语中是男人的统称。传统上，建筑工是属于男人的工作，女人在建筑工地上，基本只有杂工。但据我十三年来的观察，建筑女工在建筑工地上占的比例逐年增加，基本上，建筑工地的各特殊工种都有女工的存在。为此，我用了近四年时间，对淼城一个特大项目的建筑女工进行了跟踪了解，得出以下的文字。由于建筑是比较敏感的行业，文字也涉及某些企业或个人的隐私，因此，文中涉及的单位、项目及个人名称均用了化名，其他则遵从了生活本来的面目。

此文，致所有坚硬地活在建筑工地上的姐妹。

一、拿砖刀的蒋玉成

她叫蒋玉成，外号"炮火玉"，身材高大，穿着工地反光背心时，显得特健壮。她是保利项目上的砌筑工。一栋楼的楼层主体架构浇筑出来后，这层楼就成了蒋玉成和她的工友们的主场。蒋玉成要和她的工友们在这个楼层上，按设计图纸把整层楼依照主承梁的格局，再分割成一格一格的，格分大小，经由蒋玉成他们将轻质砖砌起来，再配以门窗，便成了一个个功能各异的空间，这实际上就是我们热衷的房子，或被蒋玉成他们砌成了一个客厅或一间卧室又或者一格厨房——混凝土、钢筋、砂浆、轻质砖及水泥预制件组合成的合成品。

在工地上，砌筑工一般是男人的工种，女人天生对水平线、对垂直度不敏感，尽管现代砌筑已用红外线替代了墨斗和墨线，轻质砖替代了窑烧红砖，门框与窗框都是预制件，但找平仍是女人很难翻过去的坎。我便是顽例，我是拿着尺子也画不了一条直线的。除了找平是坎，重量也是坎。现在工地用的都是轻质砖，轻质砖一般规格是30*60*8，重量大概是10公斤，很少有女人能轻易地把10公斤的大砖块甩上比自个儿高的墙体上，更别说在墙体上弯腰下来抓。

蒋玉成是个例外，她麻利地将木模顺着红外线固定好，然后腰一弯，手一张，手就牢牢抓着一块轻质砖往上一提，砖便方方正正地码在木模里面。我认为蒋玉成是借了身材的优势，才成就这一身强蛮力气的。通常能憋出这么一股气力的女人，性格也是粗粝的，蒋玉成也不例外。在工地里，蒋玉成出名于她的骂功，一旦劳作起来，她的嘴巴便停歇不了，从她嘴里喷出来的，都是经典绝伦的汉骂，工地上的人和物，都被她"肏"遍了，也弄不清她的怒火从何而来。总之，只要是上工干活，她便骂声不断，骂天气、骂重活、骂砖块、骂砂浆、骂开发商、骂工头、骂儿女、骂老公……因此，在蒋玉成工作的楼层里，经常会有哄笑声传出。蒋玉成最爱骂的人，当然是她的老公汪广发，骂其他人要招架打的，蒋玉成虽然壮，但也熬不住揍，被揍多了，骂别人的声音自然便弱了下去。蒋玉成粗粝下面藏着精乖，汪广发也会和她干架，但他个头比她小，力气也没有她大，骂狠了也吃不了什么亏，即使把汪广发揍狠了，往往下班回宿舍后，钻板床上协调一下，便又啥事没有。

蒋玉成骂汪广发，最常骂的词语是"屌用没有的"和"死老×"，骂到十八代祖宗的很少。一般情况下，汪广发是很少回嘴的，被别的工友笑话，他便说："女人嘛！就是借个嘴狠呗，真要干起来，还不是男人骑上面撒?""老子屙用没有,她能给老子拉出五个娃!"工友们常逗他:"广发、广发,炮火玉骂你屙没有用,你去旧街竖竖手指证明给她看看撒!"汪广发马上尿下来:"莫敢莫敢!那泼婆娘的炮火还莫得烧了老子?那老子的屙就真留莫得了撒!"

尿归尿,蒋玉成实在骂狠了,汪广发也是会回嘴的:"老子是死老×,那你呢?你是么×撒?"一边回嘴一边还用力用砖刀敲砖块,轻质砖不比传统红砖结实,咔嚓一声,断成两截。

一般砌筑工,都是双双分组的,多是夫妻俩一组,丈夫拿砖刀砌筑为大工,妻子辅助拉线、制模、搓砂浆和递砖为小工。但蒋玉成与汪广发这一组是相反的,拿砖刀的大工是蒋玉成,递砖送砂浆的小工是汪广发,也因此,在夫妻关系中,蒋玉成占了绝对主导权,她在汪广发面前从来说一不二、要风得风要雨得雨。

蛮横惯了的蒋玉成如何容得下汪广发回嘴?她觉得汪广发的任何回嘴都是挑战炮火玉的权威,汪广发竟然敢敲砖块发她脾气?这绝对不能容忍,为了保住权威,蒋玉成通常会虎眼一瞪,对着汪广发示威般扬起砖刀,手起刀落,巨大的轻质砖块断得无比清脆。

我见识过"权威"被挑战时蒋玉成的厉害。她的破坏力堪比战争中的大炮,轰隆一声,烟尘四起,满地狼藉,怪不得在建筑工地上能混上"炮火玉"的名号。

我听蒋玉成的工友说,本来那次蒋玉成开始是骂她砌着的墙的,一连串地骂,骂这墙长,砌来砌去砌莫完,木模要钉两回才能钉到头,钉子也孬,钉三个坏了俩,剩下一个还钉手指头上;骂完墙就骂房子,一个房子满打满算莫就是住四五口人,100—120平方米,划个四房两厅怎么也够了撒,干么事还要搞超大户型?横躺竖躺也躺莫完!(这些天蒋玉成他们刚好在砌两百平方米以上的超大户型);还骂城里人坏,人口少,还占房子,一套房没住过来,又占一套,钱凭啥来得这么容易?骂着骂着,不知怎的,就骂到汪广发身上了,骂他没屌用,枉她跟他海里海外跑了几十年,砌了几十年砖,房子盖了不少,却仍还得窝在工棚里闻他的脚臭,当年真白瞎了眼竟然跟他跑工地。

汪广发前天晚上跟工友们出去江边吃夜宵，回来后睡不着，早上上班前，为了刺激精神，偷偷喝了点小酒才上工地，但工作一直都不在状态，钉的木模都是歪的，害蒋玉成几次都把砖砌到红线外，敲了重砌，又把砖给敲断了。工地上干活，都是按量的，重砌一次，量自然是下去了，砖断了又要算进个人的账上的，夫妻俩一上午的劳作，几乎是废的。这天早上，汪广发的状态跟以往完全不一样，似乎很兴奋，但看到要返工的砖墙，很不爽，再加上肾上腺的一点酒精残余的作用，胆子便大了，这时蒋玉成骂他没用，他竟然脑门充血，回骂："老子当年要莫是听了你个女人唆摆，老子今天能混成这屌样吗？"骂着，还一脚踹在前面一堵砌出了红线的墙上，刚粘上成品砂浆的轻质砖，来不及凝固，根本经不了踹，隆的一声便倒下了，断砖四处滚动。

这些损失都是要从他们夫妻的工资里扣的，墙倒的一刻，蒋玉成的眼睛便红了，她尖叫着："汪广发，你个烂人，老子跟你拼了撒！"她叫着，抱起滚在地上的断砖，狠狠地往汪广发身上砸去，吓得汪广发抱着脑袋跳开。蒋玉成一砸不中，更火暴了，举着砖块在后面追，汪广发抱着脑袋在一格格的主卧、次卧、客厅、厨房甚至洗手间里跳上跳下，钻来钻去。工人们都停了下来，哈哈笑着看热闹，有几个平日和汪广发夫妻关系好点的女工，伸手拦着蒋玉成，劝："算了撒！广发家里的，他也莫想把模钉歪的撒！"

蒋玉成哪能听得进去？汪广发竟然敢回嘴，还踹墙示威，这跟翻天有什么区别？蒋玉成的炮火已从星星之火变成燎原大火，烧得火红火绿，这恼火气似乎已经成型，围着蒋玉成健壮的身躯噼里啪啦地烧着。蒋玉成一块砖没打中，又弯腰抱起一块更大的，骂骂咧咧地穷追汪广发不放，脚也不停，断了的碎砖块、砖渣给她踢得四处都是，尘土飞扬。

我其实早就站在楼梯口了，因不想影响工人们工作，就在边上看墙缝的饱和度。在汪广发把墙踹倒时，我吓了一跳，本想过去劝一下的，但战况发展得实在太快太激烈，我根本找不到冲进"战斗现场"的缝隙。我纠结着不知道该不该大声把他们吼住时，一块灰扑扑的砖块向我飞了过来，我吓得马上往身后的楼梯退去。汪广发惊叫着，与我几乎同时跳进楼梯口。砖块落地，骨碌碌地往楼梯口滚了过来，汪广发像猴子般,扳着楼梯的防护栏杆,一下便跳了上去,猴子般蹲在栏杆上,手抓着栏杆,还很嚣张地回头对蒋玉成叫:"砸,臭婆娘!看你砸撒,臭婆娘!"

我身手没他灵活,眼看着砖块就要滚到我的脚背了。跟在我身后的项目经理何华冲了上来,一脚将滚向我的砖块定住,大喝一声:"吵啥子撒吵啥子撒?想找死吗?"

蒋玉成跳着脚,想是踢砖块时太用劲,把脚踢痛了,嘴里仍骂咧咧的,但见到上来的是何华,可不敢再继续抱砖打人了。汪广发看战火暂时缓和,便从防护栏杆上跳了下来,嘴里骂着蒋玉成活该,但仍上前抓起她的脚观察,蒋玉成甩着脚叫:"莫用你看,老子莫事!"

她的个头比汪广发要高,体形也壮,蹲下来给她检查脚的汪广发越发显得细小,但蒋玉成撒娇甩脚的样子,却甚像个小女人,典型的床头夫妻。我想笑,但职责不许我笑,我板着面庞训汪广发:"这位大哥,你刚才这样跳栏杆上,多危险呀?要没拉稳或跳过了,还不得掉下去吗?"

"喊!"楼面有十来个砌筑工,听我这样说,同时呼出一声语气词,然后又哈哈笑起来,一个满脸横肉的大哥拿着砖刀在砖面上敲着说:"这妹仔说得多莫见识撒!广发是单杠高手,额们(我们)这里的楼层防护扶手,广发哪个没跳过的?水平比奥运会耍单杠的运动员还高,一抓一跳都精准很了嘞!"

他的话一出,其他人又哄地笑开了,我站在楼梯口,进退不是,反倒成了个"没见识"的,大家似乎都忘了,就在一分钟前,这里还是极度可怕的混战现场。我知道对付工人,还是要找工头,可谁是这个砌筑班的工头呢?我回头向何华求救,工人怕工头,工头忌项目负责人。何华聪明人,知道此时该他出头了,立刻干咳两声:"喀喀!"

工人们都立马止了笑声,该钉木模的钉木模,该固定门窗的固定门窗,该砌筑的砌筑。蒋玉成一脚甩开汪广发,瞪他一眼,弯腰拿起砖刀,拐着脚去扶被汪广发踹倒的墙,汪广发马上溜上去帮忙,眼睛还贼贼地往我们这边睃着。

何华见工人们都回归常态干活,回头跟我说:"这个……蔡姐,没啥事,额们还是下去撒,这里多乱?"

"乱?乱吗?"我晓得何华心里的小九九,我是来检查工地的质量和安全的,这层楼刚好在砌筑,查质量最合适不过了。何华是这个项目的负责人,对每层楼的情况都了如指掌,他这么急着让我下去,那我就必须要仔细查看清楚了。

我笑笑,不理何华,走近汪广发夫妻。见我走近,蒋玉成不干了,放下砖刀,圆眼瞪着我,我几乎能感受得到她鼻子里呼出来的热气。我们互相瞪着眼睛看着对方半天,蒋玉成受不了,嘀咕道:"细皮嫩肉的,手掌也莫见个茧,还专家了嘞!能看得懂个屁撒?"

不错不错,认得我帽子上的"专家"两字,证明还认得字。我指指她刚拿起的砖块,说:"大姐,您就这样砌?"

"莫是这样砌,还能咋样砌撒?"蒋玉成没好气地回我,示威似的从灰桶里挖起一刀砂浆,唰,一道直线,麻利地抹在轻质砖上,手法娴熟,下浆精准,涂抹均匀,一看就知道是个砌砖的好手。一个女人能有这样的手艺,的确是非常难得,看来她的嚣张还是有点资本的。

我回身跟何华说:"整层楼都没见到有一根水管哟!"

41

何华眼睛扫了一下，白脸成黑脸，大声叫："汪广财！"

一堆轻质砖后面，伸出了一个和汪广发有着七分相似的脑袋，但气质却比汪广发显得精明。

"你个屄人，躲里面干么事撒！给老子出来，水管哩？水管哩？"

何华火冒三丈："平常老子是咋样要求你们的？当老子的话是屁撒？"

汪广财一伸一伸脑袋地走出来，赔笑着说："何经理，莫生气，额们莫是才上这一层吗，水电工还莫来得及装水管嘞！"

"放屁，你当老子是傻子撒？接根水管也要水电工！老子莫踹死你！"

我站一旁看着，只想看看他们怎样把戏演下去，奈何蒋玉成是个性格简单直接的，她可能看不习惯我挑毛病，忍不住说："得多大的事撒？大清早的，要水管来干啥子用？额们又莫用拌浆，才屁大的尘，扬莫得出去的撒！"

"嫂子，求您了，少说两句撒！"

汪广财倒挂着眉毛，差不多把腰弯成九十度了。

看来他们是一直都没有在砌筑之前，用水把轻质砖淋透的习惯的。我尝试着跟蒋玉成说，虽然现在大多数楼盘都用成品砂浆砌筑，成品砂浆是按精准的比例调配的，用于砌墙的一般是2.0成品砂浆，黏合度很高，砌出来的墙体缝隙很细，总体很好看，但如果他们在砌砖之前，先用水把砖淋透，那么，砖与成品砂浆的黏合度会更高，这样砌出来的墙体，墙缝饱和度高，不仅平整美观，还不易渗漏，增加墙体寿命。

可蒋玉成没听我说完，就不耐烦了，砖刀挖进砂浆桶里，狠狠挖起一大杯砂浆，甩在砖面上，嘶着嗓子说："吃饱了撑的！这房子又莫是你住的，你管它渗漏莫渗漏？老子一天累死累活才砌多少方砖？要按你说的，每回用砖都浇水淋透啥的，这样那样的，老子还用干吗？"

我心知，这是秀才遇到兵，有理说不清。蒋玉成说的的确是工地的常态，不管哪个工种的工人，在工地上都是按量承包工程的，能缩短一天的进度，那么他们就多了一天的机会去接下一个项目。像蒋玉成夫妻这样的夫妻档，夫妻合作，从早上四点到晚上六点，中午不休息，一天最多砌二十平方米，现在工地上的砌筑工，砌一平方米大概是五十元工钱，就是说，如果蒋玉成夫妻一个月不停不休，没有任何意外发生的话，一个月大概是三万来块的收入。但工地都是动态生产，受天气和供应等各种因素的影响，很少可以每个月都是满工的，所以，对于工人来说，进度才是王道，才是他们追求的根本。而在这个城市化扩展的过程中，我们从上到下，不也都在追求着进度吗？我们都知道，过度扩展和过度追求进度，质量和安全便很难保证，但这能怪他们吗？他们只是整个城市建设的底层部分，不过是用自己的血汗，谋求活下去的基本，他们把身体当机器，努力适应着飞速发展的社会，挣扎着，透支身体，不想成为那个被历史车轮甩下来的人。可现实是，无论他们怎么努力，这"车轮"还是要扬尘而去，他们用尽力气，也还是在"车轮"下面艰难喘气。

每次巡查工地，我都很纠结，一方面，质量和安全是建筑生产的前提和根本；另一方面，建筑工人的生存和城市化的推进同样至关重要。而更现实的是，楼房开发商、施工承包商、材料供应商、包工头甚至于建筑工人，都与利润紧密联系着，谁也离不开对"利"的追逐，包括我自己。很矛盾，但又那么理所当然、理直气壮地存在。

我转向何华。何华立马保证说："蔡姐，您放心，这里额马上就处理，保证按您的意思做好，不漏任何一个细节！"

我看了看眼里闪着精明的汪广财："工人上班时间打闹得那么厉害，都放任不管吗？要真砸中了人，不就成事故了吗？"

"你说他莫用，他管莫得老子，他敢管老子，老子撕了他撒！"

蒋玉成果然"火炮"，汪广财都还没说话，她便抢了过来。汪广财摊摊手说："专家，嫂子就是嫂子，长嫂如母撒！额老母打额，额哥莫得出声，额嫂子打额哥，就是额老母打额哥，额更莫得出声撒。"

我一瞪眼："你家老母还抱这么大的砖块摔你哥？"

汪广财笑嘿嘿地还嘴："这您得去阎王爷那里去问问额老母了撒！"

"汪广财，说啥话呢你？"

何华喝止汪广财，汪广财嬉皮笑脸地收住嘴，但眼里的挑衅越发明显，我知道，不严厉一点，他们是不会把我说的话当回事的，说不定，我还没下这层楼，又打起来了。我拿起手机，把现场的乱象都拍了下来，然后拿出暂时停工整改书。何华一看到暂时停工整改书，急了，按着我的手说："蔡姐，额的亲姐姐，手下留情啊！这、这，额马上让水电工上来装水管，汪广财，赶紧赶紧，你个呆人，笑啥哩？叫你撒！赶紧给老子把水管都接上，你、你，汪广发，发啥愣哩？去，和二道杆一起把砖都给老子码好，赶紧赶紧，都莫想干了是吗？"

那个满脸横肉的高个工人，原来叫二道杆。他嘟嘟囔囔地放下砖刀，不情愿地和汪广发一起收拾地上的乱砖，汪广财也拿起水管去接上了，何华又大声安排："都给额听好嘞，你们每天上来上班，第一时间就给老子浇砖块撒，莫浇透砖块，就莫得用来砌墙，要是给老子发现，你们莫按老子的要求来干，老子见一次扣一天的工资！"

一与工资挂钩，工人们就㞞了，马上自觉地过去拿水管浇自己要用的砖，汪广发和二道杆也很快把地上的乱砖收拾好了，我知道，这不过是何华为了不停工，在我面前演的一幕戏，戏是不错，但工人在施工现场，公然推墙砸砖打架，极易造成安全生产事故，是非常恶劣的事情，很明显是工地管理人员管理不力，该罚还得罚。

见我还是揪着打砸的事情不放，蒋玉成的火暴脾气一下就上来了："哎！你个女人，在这里指手画脚说三道四的，还有完莫完撒？老子砸自家老公，关你个屁事？警察也管莫得老子，你少在老子面前啰里啰唆！"

"这是上班时间，在工地上面，只要与工地有关我就有资格管。你要回家关上房门砸，我才懒得管你怎样砸！"

我也来气了，心里虽然知道，砌筑是个费神又费力的难活儿，一个女人每天都要对着这些不会说话、干嘣嘣的方块儿使力气，吸尘吐土，浑身水泥浆，脾气能好到哪里去？她的火暴除了来自对生活对工作的不满，更多的是宣泄的需要。

"火炮玉，你是想整个班组的兄弟都受你牵连了撒？"

何华一句话，吆喝进了蒋玉成的软肋，蒋玉成的气势马上弱了下来，嘟囔着："额跟额家男人，是闹着玩的，额的砖，都是瞧着扔的，额砸他砸了三十多年，就莫砸中过一次撒！"

汪广发赶紧捋起裤腿给我看："专家，你看看，额身上哪有伤撒！"

我忍不住笑了起来，能说她火暴恶劣吗？的确火暴恶劣，可她也是真的单纯可爱。何华马上抓着机会把我往下拉，我有点不甘心，但更多的是不忍心。

就这样和蒋玉成认识了。昊天城工地上的女工，多数与我认识，每回我下班时间不回家，坐在工地饭堂的最角落处吃饭堂主管佟四嫂做的饭菜时，女工们几乎都知道我又闲得发慌，又要拉她们一起拉家常了。佟四嫂的饭菜越来越有大厨的水平了，特别是炖猪肘子，入口即化，肥而不腻，每口都是胶原蛋白，简直是人间美味。要知道，几年前，佟四嫂被佟四在众人面前剥光衣服打了后，她可是像行尸走肉般过了两年，我还担心她好不了呢，还好，最近这一年，佟四嫂像是回过神来了，每回看到我，又对我没心没肺地笑了，还亲自下厨给我炒菜。

饭堂女工成三姝告诉我,这段时间远远看见我过来,佟四嫂就不再呆呆地坐在椅子上,而是立马站起来,钻进厨房里找围裙,每回做菜前,先把手洗干净,把口罩给戴上,头发也包好,隆重得像接待什么贵宾。敢情佟四嫂是把我当成她的贵宾了。听成三姝这么说,我挺羞愧的,我何德何能?可成三姝不这样认为,她说,佟四把佟四嫂的青春糟蹋干净后,便把她像废物一样丢在工地上,不管死活。而我,把佟四嫂当姐妹,每次来昊天城工地检查,无论多忙,都会过来看佟四嫂,偶尔还给她买两套衣服,送她些糕点水果,实在没话可说时,也陪她坐着发呆。

成三姝叨叨叨地夸我人好,说昊天城工地里认识我的人都喜欢我,我真惭愧,我之所以这么空闲,有事没事都往昊天城跑,主要原因是我除了安全生产专家的身份外,还有一个作家的身份,我要深入生活啊!除此之外,我无聊也是因素之一,自从闺女上中学住校后,我便一个人,反正在家坐着是发呆,出来陪佟四嫂坐着,还能不时说上两句,不至于太闷。刚好,昊天城位于市区中心,与我家隔得不远,我陪佟四嫂发完呆走回家,也就十来分钟的路程。成三姝说我陪佟四嫂,我倒觉得是佟四嫂在陪我。

我吃着佟四嫂炖的肘子,一边吃一边感叹,终于知道这一年来为什么突然之间身体止不住地发胖了,自从佟四嫂的精气神回来后,我的口福就到了,隔三岔五吃一顿佟四嫂的大鱼大肉,能不胖吗?

工人吃饭都早,很多工人吃了晚饭又要上晚班,广东常年雨水天气多,能赶上不下雨,工地就拼命加班。我到饭堂时,饭堂里已没有吃饭的工人,成三妹他们也把餐具刷洗干净,都戴着手套用刷子刷小龙虾。

佟四嫂最近把夜宵也开了,她进了些啤酒在冰柜冰着,还弄了些小龙虾和石螺回来,都是为那些加班到半夜收工时肚子饿了的工人准备的。成三妹抱怨说,这段时间总要上通宵班,饭堂工也不好干了。

可我看佟四嫂的气色,却是越来越好,通宵班对她来说,影响不是很大。佟四嫂笑眯眯地捧了盘通红的小龙虾出来,我看她眼睛里闪着光,脸色红润,跟小龙虾一样鲜亮。这就是我们工地女人了,无论生活多难,命运多苦,工作多累,都压不住她们勃勃的生命力。

佟四嫂放下小龙虾，又要去拿冰镇啤酒，我拉着她说："别忙，我一会儿还有事，酒就不喝啦！"

佟四嫂笑着说："莫喝点酒，蒋玉成是莫会跟你掏心窝的。"

知我者，四嫂也！敢情我上午和蒋玉成冲突的事情，都传到佟四嫂这里来了，佟四嫂说，中午那班砌筑工过来吃饭时，不知因为什么事，好像是汪广发做了些什么事情，被二道杆他们爆了出来，"火炮玉"又跟汪广发在饭堂里干了一架，把饭堂里的菜盆都砸凹了。佟四嫂说，火炮玉夫妻俩这两天都白干了，赔完砖钱还要赔菜盆钱，听说何华还要处分他们。

我这几年都常在昊天城工地转悠，却很少注意到蒋玉成，按理说，像她这样"突出"的人物，我不应该忽略才对。佟四嫂和成三妹笑着说，汪广财的砌筑班，一直都在森城揽活儿的，但蒋玉成夫妻，却总是安不下心，喜欢走南闯北，前几年跟别人到赞比亚去了，可待不了几年，就撑不下去了，半年前又回国来了。

原来还劳务输出过的，怪不得上午听他们夫妻吵架时，蒋玉成说跟汪广发海里海外地瞎跑。

佟四嫂见我对蒋玉成的兴趣高涨起来,笑着揉揉我的辫子,说:"莫急,额的大作家,火炮玉今晚九点下班,她九点十五分准过来。"

闲聊了一会儿,第一批下晚班的建筑工人果然下班过来了,夜宵一般都是炒粉、青菜和粥,当然还有炒辣子鸡、石螺和小龙虾,佟四嫂心情好时,还会弄点椒盐鸭下巴和炸鸡块。反正工人也不挑,夜宵就是为了填肚子的,能不饿,睡个饱满的、满足的觉,就心满意足了。

蒋玉成果然出现在工人堆里,因为身材高大,在人群里特扎眼,我一眼便认出二道杆和她了,他们似乎有什么不对头,骂骂咧咧的。蒋玉成还是那样急哄哄地,两手扒开人群,呼啦啦地往饭堂窗口挤过去,二道杆似乎很不服气她,专门快走两步挡在了她的面前,把她急得哇哇大叫,拳头举得老高的,我真害怕她又拿什么砸人,再砸去一天的工资就不太好了呀!还好,她没砸二道杆,手配合着咆哮挥动了一会儿,又奇迹般地收了下来,然后,回头看向我。佟四嫂告诉她,我要请她吃小龙虾。

蒋玉成噌噌噌地走到我面前,圆眼怒瞪着我,我似乎又感觉到了她鼻子喷出来的热气。我笑着站起来，给她拉开椅子，踮起脚来，把她的肩往下按，她顺从地坐了下来，开口就问："搞啥子事撒？"

"对，搞啥子事撒？"

我还没有坐回座位，汪广发就像幽灵般飘了过来，迅速地拉了个位置坐下，他的动作，又让我想起早上他的一抓一跃一跳一蹲。这夫妻俩，认证了我们一句广东老话"公不离婆，秤不离砣"。

我说："想请你老婆吃小龙虾喝啤酒，介意吗？"

"莫介意，莫介意，额等她。"汪广发很不客气地给自己倒了杯啤酒，然后又伸手抓了几个小龙虾放碗里。蒋玉成瞪着他："哪个要你等撒？滚！"

我的脑袋又嗡嗡叫起来，这夫妻俩，怎么碰一起就干架啊？汪广发嬉皮笑脸地说："你是额婆娘，额莫等你，还能等哪个撒？"

说话间，几个小龙虾已经给剥开了，红白的虾仁蘸上辣椒油，红晃晃地放在蒋玉成的饭碗里。要说疼爱老婆，我瞧着这个汪广发认第二，工地上没人敢认第一的。

"你滚滚滚，哪个稀罕你剥虾了撒？江边上好多竖手指的在等你撒,还不去?"蒋玉成没好气地用脚踢汪广发,汪广发把脚缩到塑胶椅子上,委屈地说:"男人嘛,哪个莫事莫开开玩笑的?你这心眼缝小得,水泥砂浆都抹莫进去了嘞!"

看来这夫妻俩之间,应该有个什么梗,让蒋玉成暴怒不已。我静静地看着夫妻俩顶嘴,思绪渐渐有点恍惚,或许,这样的斗嘴打闹,可以给他们枯燥压抑的工地生活,带来那么点生气吧!

吵闹了一会儿,无论汪广发怎么点头哈腰,怎么剥虾赔罪,蒋玉成就是不肯原谅他,而且,似乎汪广发越是低声下气地退让,蒋玉成的愤怒就越膨胀,都烧得冒烟了。我从蒋玉成的叫骂中,终于听出了一点儿门道,好像是汪广发昨天晚上,跟几个砌筑的工友们到江边吃夜宵了,还竖了手指呢。

本来,汪广发是没有准备去吃夜宵的,蒋玉成也不高兴他去,但奈何二道杆几个都取笑汪广发是"妻管炎",连夜宵也做不了自己的主,还当个啥男人?汪广发脑门一充血,便跟去了,蒋玉成也没再好意思拉着他不让去。

结果呢,二道杆几个小子说去吃夜宵不过是个幌子，到了目的地，汪广发才知道，原来二道杆他们带他出来是来"竖手指"的。汪广发饿着肚子，傻呆呆地跟在二道杆他们后面，在老街的位置溜来溜去。汪广发看见几家人头拥挤的夜宵店，肉香、粉香、粥香和菜香一股脑儿地从里面涌出来，汪广发闻得口水直流，可二道杆几个根本就没有食欲，而是在横街小巷里兜来转去，专门往人少的、灯光暗的地方走，那些灯光暧昧的阴暗处，都坐着几个身材丰满的中年妇女，这些妇女穿着打扮跟大街上的普通妇女没什么两样，唯一不同的是，大街上的妇女很忙碌，她们却很闲。

二道杆几个，每碰上一组坐在阴暗中的妇女，都停下来，交头接耳研究一番，有的是研究过了就走，有的却不一样。汪广发看见他们研究完，二道杆就会向那几个妇女竖起手指，开始是三个手指，那几个妇女摇头；接着是四个手指，那几个妇女继续摇头；五个手指头竖过后，那几个妇女还是摇头，二道杆他们便继续往下走，直到找到下一组心仪的妇女。

汪广发再迟钝，也明白他们在干什么了，吓得他赶快回头走，可二道杆他们怎可能放过他呢？一下把他拽住，不许他走，还嚷嚷着说汪广发在国外闷了那么久，除了一个比男人还凶悍的火炮玉，身边连只母鸡也没有。一个正常男人三年不闻女人味，那得多受罪（二道杆他们没当蒋玉成是女人）？哥几个是好心给他开开荤，解解馋的，要是汪广发不领情，那他就是瞧不起兄弟们，不给兄弟们面子，云云。

汪广发心里惧怕蒋玉成，怎样也不敢尝试逾越雷池，可二道杆他们连拉带拖，硬把他拖进了离阴暗处不远的一团橘红暧昧的灯光里，然后，又把他抬进了一个比他们砌的"格子"要小很多的格子里。一扇粉色的塑胶门砰地关上，汪广发跌倒在一张粉色的、面目可疑的小床上，塑胶门前面，站着一个衣着普通的丰满妇女，样子汪广发是记不得了，只记得那个女人奶子很大很饱满很白，那妇女衣服往上一掀，两个巨大的奶子便跳了出来，在汪广发面前抖着，抖得汪广发双腿发软，头晕脑涨。

在蒋玉成的步步逼问下，汪广发不得不投降，把昨晚的"风光无限"全盘托出，但汪广发是非常聪明的，无论蒋玉成怎么逼问怎么"用刑"他都坚持一点——他绝对没跟那个大奶子的妇女行苟且之事。他说他虽然双腿没力,头晕脑涨的,但在那个大奶子向他走过来时,他一下清醒了,让大奶子把衣服穿上。大奶子说二道杆他们已经给了钱的,汪广发说现在出去不好,他们会笑他无能,那就坐一会儿,坐差不多时间再出去。大奶子乐得不用干活就有钱收,所以就配合着坐下来。汪广发说,为了演得逼真,坐到差不多要出去时,他还特地让大奶子在他的大腿上掐了两下,他痛得叫了几声。

"大奶子大奶子,叫得忒亲切撒!"蒋玉成听得头发奓起,弯腰提着汪广发的裤腿一撕,汪广发的裤子应声而裂。饭堂的灯光很亮,汪广发的大腿内侧,真的有两块瘀青。蒋玉成尖叫起来:"你个死人,还骗老子撒!手都捏到这个位置来了撒,你说你莫干,鬼才信你撒!"

叫声之下,又是一顿更猛烈的拳打脚踢,其他工人都围观着看笑话,笑声一浪接一浪,都叫:"也就捏两把大奶子,掐两下大腿根而已,啥事也莫干撒!哈哈哈哈……"笑得最欢的应该是那个叫二道杆的,可怜汪广发抱着头,像受伤的刺猬一样蜷起来,哭着声音求饶:"额的好婆娘嘞,额是真的冤嘞!"

蒋玉成是身在庐山中，根本看不到二道杆他们脸上得意的笑容，而且以她率直的个性，也不会联想到任何阴谋。我冷眼看着，很明显，这是一个局，是二道杆他们给他们夫妻设的一个局。我不知道这几个砌筑工为什么要这么做，但，有一种可能是几乎可以肯定的，蒋玉成真的不讨砌筑班的人喜欢，或许是，汪广发夫妻都不讨他们喜欢。

我招呼佟四嫂和成三妹过来，一起把蒋玉成拉开，然后让汪广发先走。我们把蒋玉成往厨房里拖，蒋玉成的力气可真大，几次把我们甩开了，要追出去，亏得刚好又一批工人下班过来，挡了一下饭堂门口，我们才得以再次把她拉住。好不容易把蒋玉成按在厨房的分菜台上，蒋玉成气得胸口一鼓一鼓的，我让她喝口冷水冷静一下，递上一杯冰水，没想她一杯冰水吞下去，迎面向我喷了一句："额的胸也莫见得小嘞，汪广发那个死人，老子肏他祖宗十八代！"

我差点笑出来了，唉！她还真是天真啊！男人要出轨，从来不是因为家里女人温不温柔、好不好看、胸大不大，而是因为，那个出轨的对象不是他的妻子，只要不是他的妻子，是头母猪他们都想试试的。

我不知道该怎么安慰蒋玉成，只能静静地等她完全冷静。

喝了两杯冰水，蒋玉成算是平静下来了，我和佟四嫂拉她出去吃香辣小龙虾，刚才汪广发给她剥的满满一碗小龙虾肉还好好地放在外面。在广东，小龙虾可是稀罕物，卖得不便宜，一般工地工人没几个舍得自己掏钱吃的，除非是万不得已的打肿脸充胖子。

我们回到饭桌前坐下，刚才佟四嫂送过来的冰镇啤酒东歪西倒在地上，佟四嫂收拾起来，又让成三妹再换了几瓶冰好的过来。我开了酒瓶，给蒋玉成倒了一杯，她一把抢过去，咕噜两口吞了下去，我还想再倒一杯，她干脆一把把我手中的酒瓶抢了过去，咕噜咕噜地几大口喝完了。我看得目瞪口呆，这比林青霞演的东方不败还要豪情海量啊！我说慢点慢点，手紧紧握着还没有开的酒瓶，生怕她不管不顾地埋头喝闷酒，把自己喝醉。

蒋玉成似乎看出我的担心，笑着对我勾勾手指说：“你个假专家，早上莫是很了不起的撒？对额指手画脚的！来、来，喝嘞！你怕额个么事撒？额在非洲，每天把这啤酒当水喝！"

我再给她倒了杯酒，笑着说："早上我已经很给你面子了，没掀你的底，别人砌的墙缝饱和度都是够的，就你那些是凹下去的，工字缝也没对准，我放你一马，你反过来把我当假专家？"

蒋玉成按着酒杯盯着我："额就莫见过几个像你这样检查的撒！一声不吭地上来，也莫怕工人拿抓砖刀砸你撒！"

我说我实事求是，身正不怕影子斜。蒋玉成嗤之以鼻，女人在工地本来就很危险，检查工地的女人更危险，你一个女人有文化又有知识，做什么不好，非要做这行？我说我喜欢啊！蒋玉成直接翻白眼，吃饱了撑的，额看你是矫情，做作！好吧好吧，就算我是矫情做作。我笑着再把她的酒杯倒满，问："好好的在赞比亚，怎么就回来了呢？我听说，外劳的收入比在国内要高许多的。"

"你懂个屁！"蒋玉成借着酒意，瞪着红眼说，"是狗的，永远就是狗的命，并莫会因为你在狗窝或在人屋而改变！"

"这怎么说？"我的心颤痛了一下。

蒋玉成咧嘴一笑，却像在哭："狗在狗窝里，会被群狗咬；狗在人屋里，也会被人拿棍追着打，待你是条老狗，莫用了撒！群狗会把你撕了吞了，人也会把你丢了扔了，这就是狗的命！"

我有点恍惚，佟四嫂和成三姝默默地坐了下来，我一时间不知道怎么接蒋玉成的话，蒋玉成继续笑着说："都以为额凶，都以为额管汪广发严，都以为额火暴，你以为额想这么的撒？谁个莫想在家里待着做个温柔贤惠的贤妻良母？额他妈的！哪个做工地的女人能温柔撒？温柔的莫是疯了就是死了撒！"

蒋玉成说她不想疯也不想死，她要活，她只有变成狼狗才能在群狗中活下去，她说母狗只有变成了狼狗才能在工地混下去，在淼城是这样，在赞比亚更是这样。我们喝了一晚上的啤酒吃了一晚上的小龙虾，无论我怎么套话，她都不肯透露她与汪广发在赞比亚那段日子的情况，问她为什么，她只说没什么可说的。我自然是不能勉强的。蒋玉成说她也不恨汪广发了，她知道他是疼她爱她敬她的，工地上的男人，哪个是干净的？有老婆跟在身边的还好点，没老婆在身边的，几乎个个都隔三岔五出去找女人，手指竖得熟门熟路，辛苦攒的钱，都花这些浪女人的身上了，他们还不察觉,回来上班时,还得意扬扬地炫耀,以为这是多了不起的谈资。

我问她,知道二道杆他们不喜欢她夫妻俩吗?一滴眼泪从蒋玉成的脸上滑了下来:"知道,哪会莫知道呢?他们恨我干得比他们多,更恨额家广发比他们干净撒!若莫是额家广发曾经救过汪广财的命,额们恐怕也莫得在这砌筑班里待下去撒!"

原来她是知道的,那她明知道还继续打汪广发,就只有一种解释了,她想成全二道杆们的故意下的套,要汪广发彻底成为一个"不干净"的"二道杆"。我苦笑一下,原以为蒋玉成憨、粗、火暴、简单,但她的简单下面,全是工地生活给她扭成的条条道道。

蒋玉成告诉我,汪广发身上凹了一个大窟窿疤,是一起墙体坍塌事故造成的,墙塌下来时,汪广发本可以第一时间逃跑的,但他第一时间的反应是把正蹲着低头和灰的弟弟拉起来往安全的位置推出去,他自己因为迟了那么两步,被压住了。好在身边是几个和灰用的水桶,帮他挡了一些砖块,但他的后背也被压断了几根骨头,所以,从此干不了很重的活儿,只能做些打下手的事儿。这就是为什么,别的夫妻都是丈夫做大工，妻子当小工，唯有他们夫妻是例外的。

我说可我看他力气不错啊！一脚把墙都踹倒了。蒋玉成居然脸红了："他的下半身莫事的，还有劲得很撒！"

我们哈哈大笑起来，这个又火暴又简单的火炮玉啊！

往后我再去昊天城工地，看到楼层里一堵堵砌好的墙体，就会想起蒋玉成，想起她怒目圆睁、鼻子喷着热气的样子，想起她含着酒气向我喷着说"额的胸也莫见得小嘞"。偶尔遇到蒋玉成夫妻，依然是妻子当大工，丈夫当小工，妻子骂骂咧咧，丈夫骂不还嘴。唯一不同的是，蒋玉成砖刀下的墙体，工字缝都对整齐了，砖缝的饱和度也是满的。

楼房越盖越高，城市的扩展越来越宽，一切都在变化，可能变化不了的，仍然是蒋玉成他们的生活。

二、钉模板的林佩仪

下了施工升降机，再往上走两层，头顶支撑的是密密麻麻的钢管，钢管跟钢管之间全靠轮扣件连接着，连接起来的钢管，伸出的自由端如同热带雨林里的树干，密密森森的。构件上的模板，叮叮砰砰地响，模板工人正忙着钉模板。我顺着临时上下板往上爬，刚冒头，一把粗哑的女声就砍了过来："干啥嘞干啥嘞？莫看见额们在忙着撒？板子钉子都莫眼的，莫小心一板子甩你头顶了，可别怨额们撒。"

哟！看来这组模板工里有女的。我继续往上爬了两步，心脏也跟着吊高了两寸，奶奶的，这临时上下板就是用现场的一块模板做的，比纸片厚，比木方薄，模板工在上面，用钉子钉了几块短木方，就算是上下的步级了。我对钉住木方的钉子极度怀疑，对这块模板的承载更是不信任。那把粗哑的女声已经冲到我面前了："哎哎哎！说你撒，还专家嘞？爬个梯子都爬莫稳的，算啥子专家撒？"

我去，专家也怕死啊！工地上的生死见多了，我更怕死了。我一咬牙，闭上眼睛，鼓起气，拼力往上一蹬，一只粗糙的手，有力地握住了我往上伸的手，用力一提，我的身体顺着这道力，嗖地到了顶板上。我按一下帽子，勉强笑一下："谢谢大姐！"

"别谢，谁是你大姐撒？保莫准你比额大嘞！"

那女工瞪我一眼，一边套手套一边蹲下去，胳肢窝里夹个黑油油的锤子，脚下还有一堆钉子。我尴尬一笑："那谢谢妹子！"

女工哼了一下："额是看到你是个女人，要是个男的，摔死额也莫拉！"

"哎！林佩仪，额们男人跟你有仇撒？"

旁边的一个男工忍不住叫了起来，其他模板工跟着叫了起来："莫得额们男人，你们娘儿们夜里哪来的舒坦？"

"喊！"这个叫林佩仪的女工一点也不害臊，鼻子一嗤，立马反击，"一根黄瓜都比你们强！"

"哎呀呀！怪莫得老见你叫佟四嫂买黄瓜了，原来还有这用处撒！"

林佩仪旁边的男工阴阳怪气起来，其他模板工都哈哈笑起来。林佩仪抓起一块小木方，对着那男工的屁股一扔："老娘就是跟黄瓜过也比跟你这种硬莫起来的臭男人过得舒坦！"

男工屁股被打了一下，夸张地摸着屁股哎哟哎哟地叫起来："死娘儿们，老子硬莫硬得起，你试过撒？要莫额们晚上试试？"

天啊！瞧我都惹出什么祸端来了？虽然知道工地上的工人都很粗犷，可这么赤裸裸地飙粗飙黄，我还是第一次碰到，而且是一个女工引起的。我都有点后悔，应该把项目经理何华也拉着一起上来的，他们见到何华，肯定会收敛一点的。

我还想着，林佩仪那边已经炸开锅了，只见林佩仪竖起一块模板，挑衅地拍着板面叫："来来来，现场表演给大伙瞧瞧，基佬胡你今天要能在这板上日出个洞来，老娘今晚就随了你！"

那个叫基佬胡的模板工，黑脸立马成紫脸，手中的锤子砰地打在模板上，震得整个板面都摇晃起来。其他模板工也不嫌事大，都哈哈大笑起来，叫唤着："基佬胡，是个爷们就莫能认输撒！先日个洞出来，晚上就能爽了撒！"

基佬胡的脸越来越紫，我害怕他会跳起来打人，立马制止："行了行了，都不用干了是吗？你看看你们，这些模板都是怎样钉的？七歪八倒的，钉子都没钉紧，能承得住几十吨的混凝土吗？你们现在做的可是样板工程，何华准备拿来评省优质项目的。"

我说着，往板层外围走了几步，心吊得更高了，脚底板痒痒的。这可是二十多层高的顶板层，才刚扎了钢筋钉模板，四周都是空空的，几面外架光秃秃的，一点围挡也没有，要是哪个不小心或打个架什么的，脚下一空就是万丈深渊，再壮的人都能摔成肉泥。阿弥陀佛，还是不要吵架了哟！那个叫林佩仪的女模板工，翻翻眼睛看我，挖苦说："那个谁？专家！怕了就赶快下去撒，这里哪是你们这些娇贵人来的？"

我也急了："你们这是高处作业，怎么都不拴安全带呢？还有，还有这临边，安全网呢？防护栏杆呢？你们都是干吗呢？安全生产，安全生产，安全才是首要的，都不要命？领班？把你们领班叫来。"

在西边支柱旁蹲着的一个壮实的男人慢悠悠地放下手中的工具，挂在他身上的扳手和钉子带，碰撞到一起，发出叮叮的声音。这男人也忒壮实了吧，走一下，工作服下面的肌肉抖一抖，脚踩在刚钉好的模板上，踩一步晃一下。我心里发怵，这工地，全是酸馊馊的男人汗味，女人本就不多，现在我一个女人这么样闯上人家工地最顶层也是最私密的位置，这不是找死吗？还好，这模板顶上还有个林佩仪在，否则，我还真是被熔掉也没人知道。

壮实男人伸出大手,说:"专家,额是牛有劲,大伙都叫额牛魔王,这里木模班的组长!"

妈呀,还是个牛魔王,这手,大得簸箕般的,手指比16毫米的钢筋还粗,指节肚全是鼓鼓的老茧。我若是狐狸精,还能眨巴眨巴眼睛迷惑一下他,可我,眼前再装再撑,顶多也就是个没有芭蕉扇的铁扇公主。他牛魔王高兴了,兴许还能相安无事,若他牛魔王不高兴了,那我可就惨了,他一巴掌下来,我估摸我的脑袋跟从这里摔下去是差不多的,不成肉泥也扁成片了。

我越想越心虚,脚都悄悄往临时上下梯的方向挪了。

牛魔王哈哈大笑:"你这娘儿们,莫额们小林带劲撒!"

废话,我怎么能跟天天在男人堆里混着活的林佩仪比呢?我这辈子,连粗话都没说过两句好不?我退到临时上下梯的位置时,瞥见几个戴着白色帽子的脑袋在脚下晃了晃,谢天谢地,专家组的其他人终于赶过来了,项目经理何华和几个工地的安全员、施工员都跟着过来了。见到他们,我感觉底气又足了,大声喊:"那个牛魔王,你赶快让人把四周的临边防护起来,安全带都挂起来,否则,不能施工。"

牛魔王还不晓得板下面来人了,牛眼一瞪:"额说你一个女人,搬过模板敲过钉子莫有?你晓得这挂着安全带,能干屁活儿撒?你们这些管事的,就知道这里要求那里规定的,额说你们哪个真正在这模板上蹲过?现在做工程,都是赶的,甲方压总承包,总承包压项目部,项目部压额们这些小工头,三天灌一层楼板,额们是跑着钉板子都钉莫过来,还赶莫上进度活儿嘞!还挂安全带?那还干个锤子撒!"

"哎哎!牛魔王,你怎么说话的你?你们你们,赶紧都给拴上安全带,赶紧赶紧的,专家领导让你们保护好自己,有错吗?赶紧赶紧的,把安全带挂上,谁不挂,就扣谁工资!"

何华手脚并用,一溜地爬上来,才刚冒头,就冲着牛魔王吼起来,牛魔王比何华高出一个头,可是在见到何华时,牛烘烘的气势立马没了,牛眼往下一耷拉,喉咙动了几下,回头对着基佬胡和林佩仪他们叫:"都挂上挂上。"

林佩仪白了我一眼,嘀咕说:"额蹲中间,挂莫挂都莫碍事撒!"

"叫你挂就挂,哪哒么多废话撒!"

何华一脚踢在林佩仪身后的安全带上。我指了指四周,说:"防护栏杆都要装上。"

"对,都要装上。牛魔王,限你们今天内都装上。"

"何经理,那莫是架子班的事情吗?"牛魔王一脸委屈。

"那就找架子班去,就说是额叫的。"

何华气得快跳起来了:"蔡姐,你瞧你瞧,这项目上的工人就是难管理撒!"

其他专家都上来了,我心也稳妥了,这才敢蹲下来细看,这承托梁和承托桁架绑扎的水平度不够垂直啊!若就这样在桁架上钉模板,肯定会漏浆的。我跟几个专家四周看了看,拉杆、拉条和斜撑也是不够的,板上几乎所有的承载都在传送扣件上。很快,我跟几个专家就争论起来了,我是建议先从安全角度考虑,重新调整模板施工方案再施工的,但有专家认为,可以一边施工一边优化改进。

我们蹲在刚撑起的模板上，四周空空，我们稍稍争论得声音大一点，感觉模板都摇晃起来了。林佩仪在一旁钉着模板，不时回头瞥我们一眼。何华急得像猴子似的，不时在背后抓挠我一下，我晓得他想拉我下去，任何一个项目经理都不希望自己的项目被停工，即使我们只是想停项目模板支撑部分。

昊天城模板支撑施工方案如果一边施工一边优化改进的确是可以进行的，考虑到项目正在赶着进度，我们最终还是决定下去让何华按照专家的整顿意见修改方案。刚走到临时上下口时，林佩仪突然追了上来，对着我问："女领导，额知道你，你就是负责额们考证的那个老师对吗？"

我对她点头，林佩仪把手上的手套摘了下来，粗短的手指绞着，欲言又止的样子。我问："有事吗？妹子！"

她咬了下嘴唇，说："额现在还是个中级工，额想考高级工，可去年额莫能考上。"

她不停绞手指的样子憨厚可爱，令人无法拒绝，我忍不住点头说："你是理论课不过还是实操课不过呢？"

林佩仪低下头，低声说："额们实操都莫啥问题的撒！"

眼前的林佩仪，跟刚才一把扯我上去，然后跟基佬胡互飙脏话的林佩仪判若两人，她眼中的羞涩和渴望，打动了我，我相信，工地上还有很多很多女工跟林佩仪一般，渴望着做更好的自己。可是，我负责着区建筑技能工人的技能培训，却没能做到给她们更多的机会，帮助她们提升，的确是我失职。想到这里，我的心便堵住了，我说："回头你找何华，他那里有我的联系方式，哪天休假，你给我打电话，我给你准备些复习资料。"

"你真的肯帮额？"

林佩仪有点不相信的样子，我笑："当然了。"

"哎！母老虎你抽么儿筋偷么懒撒？"基佬胡在后面叫了起来："额们四只手都赶莫来活儿，你嘚啵嘚啵说个莫停撒，额们还要莫要下班了嘞？"

"基佬胡，皮痒了你撒？"林佩仪一甩手套，估计是想起我们还在这里，又把手套套手上，对我尴尬一笑说，"那额过两天放假来找你，蔡老师。"

我说："行，但现在先挂上安全带，否则，你是高级模板工，我也不让你装模板的。"

"嘿嘿！"

林佩仪又笑了下，乖乖地挂上安全带。

林佩仪这次给我留下的印象还是不错的，工地上很少有这么自觉上进的女工，做女模板工已经很难得，考高级模板工的女工就更了不起。

我等了林佩仪半个月，都没等到她来找我，那天她跟我说话时，是那么认真，我是真的相信她了。我回到单位，就立刻给她收拾了一些考高级技能工的必需资料，只要她能花时间去看，肯定能考上的。

到昊天城例行检查时，我转了整个工地都不见林佩仪。何华跟在我身后，还以为我又要挑他的毛病，当知道我是想找林佩仪时，才松了口气说："蔡姐，你莫要找嘞，林佩仪这段时间莫在额们这里，她应该是过去天下广场那边帮忙撒。"

"她不是跟牛魔王他们一个班组的吗？刚才我还看见牛魔王啊！"

"她在额们这边是牛魔王的班组的，但在天下广场那边，也跟一个班组撒！这女人，拼命十三郎来的，见缝插针地两边跑，每天睡几个小时，从莫休假。"

"这样身体哪能撑得住？"

我听得额头冒汗。

"想挣钱，那肯定要比别人辛苦的嘞！"

何华摇了摇头。

"她很缺钱？"

"工地上，哪个莫缺钱的？额也缺！"

何华整了整安全帽。我干脆转身到天下广场去了。

林佩仪真的在天下广场，原来天下广场这边有个大型高支模要赶着做。一般高支模是指搭设高度五米及以上；搭设跨度十米及以上；施工总荷载10kN/m^{2}及以上；集中线荷载15kN/m及以上；高度大于支撑水平投影宽度且相对独立无联系构件的混凝土模板支撑工程，在建筑施工中被列为危险性较大的分部分项工程。而现在林佩仪跟的这个高支模，搭设高度已超八米，搭设跨度也超了十八米，施工总荷载远超15kN/m^2，集中线荷载也超了20kN/m，已经可以算是超过一定规模的危险性较大的分部分项工程。

我站在林佩仪旁边，看了一会儿，有点质疑："你们是按方案施工的吗？"

林佩仪说:"额莫晓得嘞,组长让额咋弄,额就咋弄嘞!"

"不是说好了,考高级工的吗?"

"蔡老师,额本也想着,弄完昊天城那里的模板,趁他们倒模灌浆时,就过来找你撒,莫想到,天下广场这边又着急找额过来。这边人手莫够,班组愿意多出加班费,额寻思着,等搞好这个高支模,再过来找你撒!"

我拍拍板下的杆件,问:"怎么不见有监测的?"

一般高支模都要有位移、杆件倾角和立杆轴力的监测,天下广场这个高支模还是超规模的,危险性更不容小觑。

林佩仪耸耸肩:"额做了那么多支模,莫见过啥监测撒!这能监测吗?"

高支模的位移、倾角和承重,都是可以监测着的。只要监测准确,当发生危险时,监测器就会发出危险警告,这样施工人员必须马上撤离。

我赶紧离开这个高支模的范围,虽然我还没有看到施工方案和图纸,但从已支撑起来的轮扣架看,这里的施工肯定没完全按方案进行,如今所有的承重都由一根立杆撑着，没有斜撑和防滑扣件，旁系的横杆根本起不了承重的作用。

我拉林佩仪出来，责怪她："这是个超规模的高支模，你们哪能这样随便地施工啊？这样弄，承载肯定不够的，这立杆一斜或一弯，你们就完蛋了。"

"哪会撒！蔡老师，你讲的都是课本上的，跟额们实际施工，莫一样的撒！"

林佩仪甩开我的手，很不高兴，认为我又用书呆子的酸来吓唬她。

我也气了："你还想考高级模板工？连这样基本的施工安全知识都没有，你以为你真行？"

"蔡老师，一事归一事嘞！"林佩仪还不服气，"额的模板，钉得比好多男工都快的！"

"谁说钉模板快就能考高级工的？意识、行为比能力重要，知道不？"

"额莫晓得你说啥子撒！"

妈的，真是秀才遇到兵，有理说不清。

跟一个普通工人，说什么也没用。之前没有抽检到这个项目，不晓得这种情况，现在知道了，不管就是不负责任了。但去查方案看图纸前，我必须问清楚,这个高级模板工,她林佩仪还考不考。

"考,额一定考,工资高好多的嘞!"

林佩仪语气坚定,我提醒她,马上就有一期班,她最好抓紧,否则要等到下半年了。但她不乐意,说这里赶工程,工资比其他项目要高,得等她赶完这边的活儿。我气得只想转身走人,她现在工资再高,也比不上当一个高级模板工的工资高,这么简单的数,看她吵架时伶牙俐齿的,不像不会算的啊!

见我气呼呼地要走人,林佩仪似乎意识到自个儿过分了,毕竟我是为了她的事情,专门找过来的。林佩仪低着头问:"那额只下午去上课行吗?"

我一口拒绝,必须全日上课四天,然后考试一天,她要放弃五天的工资。林佩仪的头埋得更低了,用蚊子般的声音回答:"那好撒!"

我把准备好了的书本资料往她怀里一塞,说句好好复习,然后往项目办公室走去。

天下广场因高支模施工与施工方案不符,且存在危险性较大的危险源,必须马上停止该高支模的现场施工,待做出合理的施工保护方案后,才能继续施工。

停工通知发出后，我便着手高级技能工人培训班的事情。这几年我都把工作重心放在安全生产检查上，完全忽略了建筑工人技能培训，这次要不是林佩仪突然提出说要考高级模板工，我都几乎记不起来，技能培训曾经是我的主要工作。重新着手办技能培训班时，我向部分施工项目方了解过，由于淼城前几年施工项目不多，各特种作业人员的需求量不高，所以，我们技能培训中心一年开不了两期班，没有办法，只能把报考人员集中到市的技能培训中心去培训。这三年，淼城的建筑事业飞速发展，在建项目每年都翻几倍地增加，建筑技能工人的需求量也翻数倍地增长。不知道有多少工人像林佩仪一样，渴望着我们开通更多的渠道，让他们获得提升。

　　但我又等了一个星期，都没等到林佩仪过来报名。我心里冒火，我组织这期班，多少都有点因她而起，是她提醒了我。我之前有失职我承认，但我重新组织开班，也不容易的啊！我要整合师资、要重取培训资格、要租借培训场所、要核算培训成本等。哪方哪面，我不是劳心劳力去做的？这个林佩仪一再食言，也实在是太不识好歹了吧？我这人性格犟，虽然高级技能工人班报名已经达到开班人数,但我还不死心,非得去天下广场把林佩仪揪出来问清楚,那几天的工资对她真的这么重要?她的前途还比不过五天的工资吗?

因为想好好聊,我选择下班后再过去找林佩仪,在天下广场工人宿舍,我找到了模板班的住处,那个带班的组长个子不高,皮肤黝黑,笑容不错,还镶了个金门牙。组长叫柴顺,我问他:林佩仪呢?他装糊涂说没有这个人。我说你班组只有一个女工,前几天我过来这里时,还见过她呢,她还说是柴组长把她从昊天城挖过来帮工的,你说不认得她,可能吗?柴顺装恍然大悟,说的确有个女工在这里做过几天,但叫什么名字他忘了,现在我这么说,他也想起来了,但林佩仪几天前已经离开天下广场项目,走了。

"走了?她去哪儿了?"我更恼火了,这林佩仪是跟我耍躲猫猫吗?岂有此理。

柴顺摊开手说:"说莫清,莫知道她去哪里了,反正人工额们是付足够给她的,她这么大的人,有手有脚的,谁还管得住她去哪儿撒?"

柴顺这样说也有道理。我找不到这个组长说假话的理由，而且，林佩仪也不至于因为不考高级工而专门躲着我吧？既然这里找不到人，那她十有八九会回昊天城。

于是，我又来到了昊天城。何华刚开车出工地，看到我来，急忙停了车子，跑下来问："蔡姐，这么晚了撒，还来额们工地干啥子嘞？那个工人工资实名制，额已经找了专业的服务公司帮忙介入，很快便能搞好！"

我说我不是来查实名制的，不是期限还没到吗？我是来找林佩仪的。

"啥？你来找林佩仪？"何华很意外，"哎！蔡姐，额莫是跟你说过，林佩仪到天下广场那边支援了撒，可能都莫回额们这边来了撒，额听说，那边出的工资，比额们这边要高好多嘞！"

"我刚从天下广场过来的！要是她在那边，我怎么会来你们这儿？"

"问牛魔王，牛魔王带她出来的。"

何华说着便领着我往前走，这时，他的电话响了。他拿起一看，笑着对我说："说曹操，曹操就到了嘞！蔡姐，牛魔王的电话撒！"

说完接通电话,电话里的牛魔王不知道跟何华说了些什么,何华的脸色越来越凝重。我刚想问怎么了,何华挂了电话,我问:"你刚不是跟牛魔王通电话吗?为什么不告诉他,我想去找他呢?"

何华低头沉默,我也急了。我还没吃晚饭,家里孩子在等我回家一起吃的,想到孩子,忽然,一个不好的念头冒了出来,我几乎失声:"何华,不会是天下广场的高支模出事了吧?林佩仪出事了,对吗?肯定是坍塌了,我为什么要停他们工来着?我……"

何华点头,说:"蔡姐,你别急,这事情,也莫你想的那么严重。"

我哪能不急啊?自从负责了在建工地的安全生产检查,见到的生死事故多了后,我对万丈高楼下面埋藏的那些诡秘莫测的事情,已是不敢常态估计和判断了。牛魔王为什么会在我到昊天城的时段给何华打电话?他怎么知道我来的?肯定是柴顺告诉他的。森城就这么大的地方,他们同样工种的班组走动得密切,说不定都是同一个地方出来的,双方项目上出点屁大的事,都没有不知道的。被蒙在鼓里的,是我、我们这些所谓的专家和职能部门。

我说:"何华,走,送我去天下广场。"

上了何华的车,我急忙给局里领导打电话,想来主管部门也是蒙在鼓里的。何华劝我:"蔡姐,莫必要给领导们打电话了撒!只是一般意外受伤,林佩仪现在在中医院住院,莫生命危险唠!"

我瞪一眼何华。在何华他们的眼里,所有意外事故和意外伤害,都是必然存在的,我一惊一乍,小题大做,真是"不体恤民情"的硬骨头。

但,问题真的像何华所说的那么简单吗?我看未必。林佩仪是模板工,这些天,天下广场的高支模施工已经被停止施工了,她怎么可能受伤?我咬着嘴唇骂娘,只有一种可能,天下广场项目并没执行我们的停工通知,而是暗里加班干活儿,他们紧赶慢赶地施工,高支模下面的轮扣架肯定很多装得很随便,事故也因此出现了。这个林佩仪怎么那么笨呢?我发停工通知之前,是怎样跟她说的?

我心里疑点重重的,我记得刚见到林佩仪时,她跟基佬胡斗嘴,言语间可以听出来,林佩仪还是单身。一个单身的姑娘,犯得着这样拼命地干活儿吗?每天加班加点的,根本没喘息的时间,更别说对于姑娘来说最重要的谈情说爱的时间。问何华，林佩仪家里兄弟姐妹很多吗？何华说，应该不多，印象里，好像就一个哥。既然兄弟姐妹不多，那就更说不过去了，是什么让她连命都不要了也要赚钱的？

在天下广场项目门口，项目部的管理人员都在等着了。我下车等了一会儿，住建部门的负责人和我们的高支模专家也都分别到位了。

正如我的推测，天下广场是发生了高支模坍塌事故。经多个现场施工的人员口述，这个超规模支模项目坍塌事故基本得到了还原。

2019年3月27日，我把停止天下广场项目一座首层高支模施工的通知发给项目负责人后离开。在我离开后不到半小时，施工工人再次陆续上架施工。为了掩人耳目，施工单位要求工人连夜加班，工人为了能尽快完工睡觉，竟让支立杆的活儿与钉模板的活儿同时施工，并在立杆还没完全支撑起来时，就往模板上面灌浆。按规定，模板上面有人施工时，模板下面是不允许有人作业的，但天下广场项目的施工人员竟罔顾安全生产，强行在未完成的高支模上灌浆，导致模板和立杆无法承受荷载，突然倾斜坍塌。其时，模板面上有五个模板工人正在施工,模板下面有三个架子工正在施工,高支模发生坍塌时,五名模板工人和三名架子工被同时埋在混凝土里面。幸好当时灌浆的面还不大,坍塌面也不算大,工人被填埋得不深,附近也有工人在施工,被埋工人得到及时的抢救,才没造成人命事故,但八名工人都受到了不同程度的伤害。为了逃避责任,掩盖真相,天下广场项目的甲方和总承包,第一时间封锁了事故现场,并要求当晚参与加班施工的工人守口如瓶。

我想,若不是我坚持要找林佩仪,或许,这宗事故会永远被埋在这高高耸立的高楼大厦下面了。

我在淼城中医院9楼骨科37号床见到林佩仪。她的右腿被绑得厚厚的纱布吊了起来,脸上还有几处擦伤,涂着红色的药水,样子一点都不可爱了。

走进病房时,她还拿着书在看,是我给她的复习书本,这个臭脾气的女人,这个不爱命的坏女人,终于有时间看书充电了吧?我上前一把抢下书本:"考级班都开完了,还看什么看?"

林佩仪见到我,一愣,随即嘴往下一弯,说:"那额等下半年撒!"

"你呀你!"我真不晓得该怎么骂她了,只要她能把我的话听进去一分,今天她的脚就不用被压骨折了,因小失大,何必呢?但也不能完全怪责她,她只是一个基层工人,受施工班组、劳务公司和项目总承包的控制,班组要求他们加班,他们不敢不加。

"你不晓得那是违规施工吗?"我坐下来,这个姑娘就算面目全非,我也仍对她无比有好感。林佩仪笑笑说:"晓得嘞,但,额们做了那么久,做过无数个这样的模板,都是这样搞的撒!"

"这是侥幸心理!"我真想揍她一顿,但还是忍住了,问,"难道你以前做过那么多个这样的模板,没出过事故?"

"有撒!"林佩仪挺老实的,也不避讳,说,"钉板子的哪能莫钉手指的?"

"你做工地多少年了?大小事故大概经历过多少回?"

"额做模板工,差不多十年了撒!之前在厂里打工,加班加死了,也莫得几千块,额老爸在工地上当木工的,工资比额高多了嘞,额就干脆莫干厂厂,到工地跟额老爸做木工了撒!经历过多少回事故?额也数莫清了撒，砸到指头，刺破脚板，碰肿额头，撇着腿这些，几乎天天都有撒，算莫过来了撒!"

怪不得，原来是家传木工，怪不得做得一手好模板。林佩仪继续说："额的模板工证，还是你给额考的。十年前，你还很瘦撒，身材好、皮肤白、会打扮，戴着安全帽，特好看，额身边的男工都盯着你看，哈喇子都流出来了撒!"

夸我漂亮，这话没毛病，我喜欢。没想到，她还是我的学生，十年前就有意识考技能工证，说明她还算是个求进步的人。既然这么求进步，为什么却在考高级技能工这关键点上卡住了呢？只要正常点的人都晓得，高级技能工的工资是普通技能工的翻倍，林佩仪不可能不会算这个账的呀！

"现在后悔了没有？"我伸手摸摸她的脸，又卷起她的袖子看，手臂既有瘀青又有擦伤，肌肉硬邦邦地凸起，这样的手臂，不属于女人，她还没结婚呢！我鼻子一酸，姑娘啊！你说你多傻啊！

"额莫得后悔，额哪还能选择撒？"林佩仪眼睛一晃，然后垂了下来。我环顾了房间，隔壁床是别的病号和家属，只有林佩仪这边的床没有家属在。

"你的家人呢?"

"柴组长给额请了护工。"

"你没敢告诉你父母?不对,你父亲不是跟你一起做模板工的吗?他不可能不晓得你受伤了吧?"

"蔡老师!"林佩仪抬头看着我,眼中泪光点点,"额老爸,瘫痪三年了撒!额现在,要管五个人嘞!"

"五个人?"除了父母,她一个未婚女子,还要负责谁?

"还有额姑妈姑父嘞!"林佩仪说着,捂起脸哭了起来。

这是两代建筑模板工人的命运。

二十岁的林佩仪当了建筑模板工,因小时候跟父亲林成林学过木工,有一定的木工基础,所以很快上手。林佩仪有个姑妈,快四十岁才生了个儿子,算是老来得子。林姑妈把这个儿子捧在手里怕摔了,含在嘴里怕化了,非常溺爱。但慈母多败儿,这个儿子越大越不争气,读书读不成,还在社会上撩拨是非,林姑妈夫妻隔三岔五就要去看守所领人。为了管住这个儿子,林姑妈求林成林父女,把这个儿子带到工地上,让他体验体验生活。毕竟是亲外甥,林成林不忍拒绝老姐姐，便把他带在身边。可万万没想到，这个不争气的外甥，还幼稚无知，自身一点用电常识也没有，更不懂工地临电的操作，在下雨天，居然不关电源，徒手去拉泡在水里的电缆。旁边躲雨的林佩仪，还来不及阻止，她的表弟就直挺挺倒下了。

白发人送黑发人，姑妈和姑父无法接受这个现实，都一病不起，林佩仪一家不得不负担起这两个老人。林佩仪的大哥大嫂受不了压力，闹着分了家，搬开另住了。林佩仪也因为要负担两个卧病的老人，所以才拖到三十岁了，还没能嫁人。都说女人势利，贪虚荣，可男人不也一样？背负着几个老人的林佩仪，尽管年华正好，貌美如花，照样是让追求者望而却步。

祸不单行的是，三年前，也是一宗支模坍塌事故，林成林被埋在混凝土模板下，虽然命被救回来了，但双腿因被压过久而坏死，永远失去了走路的能力。林佩仪的母亲在老家，一个照顾三个，累得腰酸背痛，不时会犯些毛病。

前段日子，林佩仪本想休息两天过来培训中心报考高级模板工的，没想，母亲打电话来说，姑妈的心脏病又犯了，必须住院，医生说，还要到大医院做支架。他们没有医保，做个支架要三四万，林佩仪没有办法，只能到天下广场项目找柴顺，让柴顺穿插着给她安排加班。

其实，我去昊天城找林佩仪时，林佩仪还在昊天城的。不过那段时间，她上昊天城的夜班，上天下广场的白天班而已。

听完林佩仪的讲述，我问她："那你现在有什么打算？"

"还能有啥打算撒？见步走步嘞！"林佩仪强打笑容。

"见步走步？"

"对撒，医生说，我一个月后就能走路撒！能走！"

"能走好！高级模板工还考不？"

"要考的撒！额还要赚更多的钱撒！"

"那……还结婚吗？"

"结……婚？结婚！开啥子玩笑嘞，额才莫拖累人！"

"那个基佬胡，不是对你不错吗？"

"喊！额老爸是做工地的，额也做工地，还找个做工地的来添堵吗？况且，工地男人，哪个靠得住撒？吃喝嫖赌抽，样样都沾，混得很，基佬胡哪是对额好呀？他一心想占额的身体，额心里明白着嘞，要是额给他肏上了，莫出三个月，保准厌了额，额又莫是傻白甜，去年昊天城死了的刀小妹，你也晓得了撒？一辈子都是伺候男人的命，还让男人欺负死了，额可莫想做第二个刀小妹嘞！"

林佩仪说完，伸手去拿书本，说："额住进来了，也就柴组长来过看额，看额也是莫法子，谁让额是在他这里出的事？额啊！现在莫啥想法了撒，等熬到额姑妈姑父和额爸妈都走了，额就存点钱，回老家过几天安心的日子。"

我站起来，心里五味杂陈。"安心"两字用得好啊！只求心安，不求舒心。这个女子本是奔着好日子才到工地上来当模板工的，但工地让她的日子越过越窘困，都已把她逼得无路可走了。我看着她的被吊带吊起来的右腿，这么直地绷着，就像她的人。她一直这么拼命地绷着，日夜不休地接活儿干，本是为了换一支心脏支架，哪承想，却换回来一支拐杖呢？

规划显示，淼城今年的建筑工地在建量，准备超过两千万平方米，今年大概会有四百个项目同时在建，建筑工地用工量预超四万人次。这四万人次里，有多少个林佩仪？全市有多少？全省呢？全国呢？

数据还能计算出来吗？

离开中医院时，我的心情很低落，或者，是无地自容吧！

三、挥旗子的尤三姐

昊天城里的尤三姐跟《红楼梦》里的尤三姐，差距可大了。一个是建筑工地上挥着红绿两色小旗的、皮肤黝黑粗糙的司索指挥工，一个是肤白貌美、风流泼辣的金钗小姐，性格更是不相同的。

现在我要讲的是昊天城的司索信号工尤三姐。平日里，她不声不响地戴着安全帽，站在烈日下，不时挥动手中的小旗，吹着口中的哨子，绿色的小旗代表启动，红色的小旗代表停止；一长声停止，二短声上行，三短声下行。当然，现在工地都有了无线对讲器，指挥除了挥旗和吹哨，还有别的选择。

普通人对司索信号工的理解，轻松、技术含量低，是没什么难度的工种。其实，司索信号工被列入建筑工种类别中的特殊作业工种里，是有它的特殊性和综合技术性的：首先它得熟悉起重机械的基本性能；再次要了解调运物件的重量、堆放的位置、其他固定物的连接和填埋情况，确定吊点和吊装方法；还要熟悉吊索具的磨损情况，及时做出报废判断，若吊索具有变形、扭曲、开焊、裂缝等情况，必须及时处理，否则停止使用。

司索信号工是一种需要精神高度集中的工作。信号工要时刻注意塔机的运转和吊装情况，并且要和塔吊司机沟通协调，每次指挥都必须严格按照操作规程进行，否则，很容易发生意外。

尤三姐的右腿有点瘸，脸上还有一块很深的疤痕，歪身站立的姿势和深陷的疤痕，让人首见尤三姐时，都有狰狞可怖的感觉。但与尤三姐熟络开了，便不会有如此想法，其实在尤三姐不好看的皮囊之下，有副好看的心肠。

尤三姐本不是昊天城的司索信号工，她原来是在旭日家园当司索信号工的，到昊天城是因一次偶然。一个同乡姐妹休病假了,央求尤三姐过来临时替几天班,那段时间,旭日家园项目刚完成了一期,二期还没动工,尤三姐是空档期,闲着没事,就过去了。

没想到,尤三姐帮忙替工的几天,住建局突击检查特种作业人员证,尤三姐拿出姐妹临时交给她的证件,一对比,样貌出入太大,尤三姐被停止司索指挥操作。检查人员又扫描了姐妹的证件,结果却查出这个姐妹的证件还是个假证。

那就麻烦了,工地上,作业人员都必须持证上岗的,若所持证件是假证,那就是违法了。这个姐妹自然是不可能再回昊天城项目工作了,那谁来做这个司索信号工呢?昊天城这么大的项目,总不能连个持证的司索信号工都没有吧?最近省里市里区里,各级部门排查项目查得可严了。项目经理何华急得脑门冒汗,也怪他粗心,总以为之前的司索信号工做了那么多年,便没有细查她的证件,做梦也没想到她用的是假证。

尤三姐看何华急,抱着能帮就再帮一把的心理,把自己的证件递了上去,检查人员一扫描,果然是省建筑安全协会发的特种作业人员证。何华也机灵，马上跟检查人员说，尤三姐是他们刚雇用的工人，今天才入职，所以还没来得及入册做人员变更。

检查人员查到尤三姐的证件有效，便没多加深究。尤三姐本想等姐妹回来就回旭日家园项目的，可何华怎么肯放她？现在工地用工荒，找个像尤三姐这样有证件、有技术、有经验又有热心肠的司索信号工可不是那么容易的。何华各种利诱，尤三姐最终还是选择了到昊天城项目。

进入昊天城项目，除了出来迎接的管理人员，碰见次数最多的，该是尤三姐了。本来她是不起眼的，很安静地站在塔吊高高的吊臂之下，一声不响地挥着旗子。可最近，全国各地频繁发生与起重机械有关的高坠事故，淼城不久前还发生一起高空物体击落致死的事故，司索工没绑好吊索绳，就示意信号工发出指挥信号，且司索工没离开吊臂操控范围。信号工没检查吊索用具，更没要求司索工离开，就发出上行信号。要起吊的是一捆圆形的钢管，准备送到施工顶层的天面去的，但吊臂提起才十多米，吊臂刚缓缓转向，绑着钢管的吊索绳忽地散开，整捆钢管像黑色的瀑布，当啷一声泻了下来。站在吊臂下的司索工还来不及叫一声，就被埋在钢管下面了。信号工立刻发出停止塔吊作业指挥信号，附近的安全员和施工员听到声响立刻跑过来，齐心协力把钢管搬开，可怜的司索工已被砸得血肉模糊，脖骨也被砸断了，瞬间失去了生命。为排查和消除区内在建工地建筑起重机械存在的安全隐患，各级部门都行动起来，组织起重机械专项专家进行大排查。

我始终认为，一切事故，看似是灾患，其实是人患。人的意识跟不上去，再优良先进的设备，都避免不了事故的发生。若项目的管理人员重视工人的岗位培训和安全培训，对工人严抓严管，那个惨死的司索工人，就不会把没绑扎好的钢管随随便便地挂上吊钩；但凡他有一点对自个儿生命的珍惜或敬畏，他就不会这么傻不拉叽地站在起吊物下继续绑扎。

我常去工地，现在最害怕就是看到头顶塔吊的吊臂启动。它一动，我就怕，赶紧捂着头盔跑出危险区。

若当时负责指挥的信号工有职业操守和安全常识，他就会先检查物料是否绑扎稳固，并要求作业人员临时离开操作区的，可他没有。这明明是一起可以避免的事故，只要每一个人都稍稍有点安全意识，或对自个儿的工作有点责任心，那么，活生生的生命就不会没了。

可十三年如一日，我行走在工地上，见过无数的建筑事故，它们的发生，哪个不是与人有关？

因为坚持是人患，我检查的重点对象还是司索工和司索信号工。看到尤三姐时，我的心突地跳了跳，这女人的样子也太可怕了吧？怎能这么丑？

尤三姐很配合地递上她的证件，"尤三姐"三个字跃入眼帘，我再瞧她几眼，这形象和《红楼梦》里的肤白娇艳、泼辣刚强的尤三姐，相差了十万八千里。我问了她几个与司索信号工相关的问题，还问了她台风来时司索信号工应如何应急处理，没想到她大大方方地回答了，回答得条理清晰，显然，她是熟稔司索信号工的职责的。这非常难得，我一个月至少检查三十个项目，每个项目都有司索信号工，但每回检查询问时，几乎所有司索信号工都不吭声，只给我报以"羞涩"的微笑。建筑工地上，施工升降机司机和司索信号工是最多女性选择的工种，女工们因受学识和见识的限制,害怕说错话,对我们这种所谓的专家或建管人员的询问,多以沉默或微笑应付,这已经是工地上的常例。

尤三姐是个特例,在回答我的询问时,那种自信和清晰,真有几分《红楼梦》里的尤三姐的泼辣劲。我常来昊天城项目,但都没怎么注意她。尤三姐说她过来才不久,以前她在旭日家园项目也见过我的,只是我都是匆匆忙忙地走进施工升降机里去看现场,极少注意她这个挥小旗的。我很抱歉,若不是这段时间发生的事故多是高坠类的物体打击,若这次大排查行动的主要对象不是起重机械,我或许还是匆匆地走进施工升降机。

莫名,就对尤三姐这个女工产生了好感。本以为,工地上的工人,都是忙忙碌碌地赶着完成工程的,没有谁会留意我这个所谓的专家,没想到,她还是有留意我的,或许是同为女性,互相好奇,都有探知欲吧。

尤三姐示意我,离开塔吊作业区域,我在询问她的同时,旁边的司索工们已经把一堆钢管绑扎好,挂到吊钩上了。若是平时,我肯定是立刻避开的,这回我却故意说:"没关系的,让他们吊上去。"

尤三姐摇摇头,指了指红色警戒线,让我走出去,又上前,仔细检查过被绑的钢管和吊钩,然后也和几个司索工一起离开危险区域,才挥起绿色小旗。塔吊吊臂徐徐上升,蓝天下,塔身似琴,吊臂像指挥棒,吊绳若谱,吊车如音符,既是静止的,又是移动的。我抬头望着绑着物料的吊车,一点点往建筑物的顶层收进去。在工地上行走了那么多年,这是第一次,我能这么安心地站在工地上,看着头顶的塔吊平稳缓慢地施工,而且,我竟然还注意到了天空的蓝,脑海里还有音符、旋律一类的美好的东西涌出来。

我招手让尤三姐过来,尤三姐向塔吊上面的司机挥了下红旗,然后用对讲机跟塔吊司机说明了情况,才整了整安全帽,向我走过来。我笑着说:"没妨碍你工作吧?"

她说:"还好撒!"

我又问:"干信号工多久了?"

"五六年吧! 额之前也是当司索工的。"

尤三姐说话时,已跟我熟悉的施工升降机司机冯珠珠从施工升降机里走出来,跟我说:"蔡工,三姐现在是额们领班，天天跟额们讲安全，跟个老师一样嘞!"

"哦?"

我兴趣刚起，尤三姐就骂冯珠珠了："干啥子出来嘞?赶快进笼子里去，给别人偷摸进去开了你的机子，麻烦就大了撒，前几天何经理才让额们看了河北衡水的施工升降机坠落事故的文件，这么快就记莫住了嘞?"

哟！她还知道刚刚发生的河北衡水"4·25"重大事故，事故是一项目的施工升降梯突然冲顶折断，导致十一死二重伤。我们这回大检查，就是这个引起的。

冯珠珠伸伸舌头，钻回施工升降机里面。我向尤三姐竖起大拇指，夸她："可以啊！三姐。如果项目上每一个人都有你这样的安全意识，那就没什么事故了。"

尤三姐苦笑一下："哪能都有这意识撒?注意力都在进度上了，工地的活儿都是用命赶出来的。"

我嚼了嚼，怎么有味了?是呀！工人都将所有的精神精力用在进度上了，哪里还记得安全啊?要是每个工人都像尤三姐这样,每吊一趟物料就检查一遍,然后让司索工都离开危险区域,这样一来一回,得费多少时间?他们一天得少干多少活儿?三天一层的楼面,可不是吹吹就能盖出来的。

嚼完尤三姐的话,我的心情沉了下去,刚才的音符韵律都不见了,蓝天白云也没有了,只剩下阴沉沉一片。数据统计,2000年至2010年7月,国内建筑起重机械责任事故,总计418起,总计死亡872人,平均每起死亡2.1人。这只是九年前入册了的统计数据,而且是建筑工地上众多类别的事故中的起重机械责任事故而已。

每一串数字都是沉甸甸的,都是一个个生命。都知道高楼大厦窗明几净住着舒坦,可有谁会关注这广厦万千是怎么盖起来的?又有多少血肉之躯埋在了这石屎森林下面?

我叹了口气,问:"那三姐你是每天都跟今天一样操作的,还是因为我们来检查才这样的?"

尤三姐耸耸肩,说:"只要不赶工,条件允许,基本都是一样操作的撒,毕竟,额是死过一回的人了嘞!晓得安全的重要性,钱要赚,命更要留,要不,赚钱有啥子用撒?"

尤三姐说的,句句都是理啊!这哪是一个普通工地女工能说出来的话,而且,她的样子……对了,她说什么?死过一回?这是怎么回事?我不由得又把目光盯在尤三姐的脸上,这张脸,这块深陷的疤痕,这分明就是一张死亡过的脸,还有歪拐着的站姿,这分明就是一具死亡过的躯体啊!

我打了个冷战。没有经历过死亡的人,是体会不到生死一线时的绝望,更不懂得去珍惜现时活着的难得。

我回到昊天城项目部,找资料员调查尤三姐的从业资料,才知道,尤三姐之前是做司索工的,后来又改做司索信号工。这是一个在工地上待了二十多年的建筑女工,在漫长的工地生涯中,她所经历的磨难,恐怕已是我的想象力追赶不上的。

因尤三姐仍在工作,我不好打扰,只好先行离去。下午下班后,我又折回昊天城项目,这次过来,没有碰到项目经理何华,最近检查那么多,何华自然也没得消停。不过话说回来,就是因为检查的密度加大了,处罚的力度也加大了,现在昊天城项目的确比之前要完善很多，看来，良好的工地都是管出来的。

我从项目经理办公室出来，信步来到工地饭堂。饭堂的负责人佟四嫂见到我，从窗口伸头出来问："蔡工，你今天又来了解哪个嘞？"

佟四嫂曾被丈夫佟四当众家暴过，很长一段时间都是颓废的，最近我感觉她开朗了一些，看来已逐步从被当众暴打的阴影中走出来了，这是个好的兆头，工地稀罕她没心没肺的笑容。我笑笑说："四嫂，出来喝两杯吗？我带了红酒来，你请我吃顿红烧肉。"

刚才进饭堂时，我就闻到了浓郁的肉香，几乎每个工人的饭盒里，都有褐红油亮的红烧肉，我好久没吃过红烧肉了，口水都馋出来了。佟四嫂说声好嘞，又把头缩回去。

过了一会儿，佟四嫂就用托盘捧了几个菜出来，另外一个厨房女工吴三妹帮忙拿了饭碗和红酒杯。油亮的红烧肉码在托盘中央，可显眼了，看得我连咽几下口水。佟四嫂把菜都摆在桌子上，笑着问："红烧肉容易烧得很，改天额教你做，回头想吃了撒，就自个儿在家里做撒！"

我摇摇头："我女儿住校了，周末才回来，平常只我一个人在家，弄了也吃不完，也懒得弄。"

"也是，也是的。那以后想吃，给额打个电话撒，额挑最好的肉给你做。"

"还是四嫂疼我，以后我没饭吃都来找你！"

闲话说着，尤三姐拿着安全帽走了进来，我跟佟四嫂说，我想知道她呢！佟四嫂回头看了眼，说："才来莫久的司索指挥工，现在何经理可器重她了嘞，想把她培养成司索班的安全负责人，前几天还让她当了领班，给司索班的人做安全示范撒。"

我点头，何华的意识还是挺不错的，尤三姐的确值得培养。佟四嫂说她对尤三姐的了解也不多，只知道之前的司索信号工因为使用假证，被劝出工地了，然后，尤三姐便替代了进来。

我说我想知道尤三姐脸上的疤是怎么来的，但又觉得这么直接打听别人的隐私不太好。

"有啥子好莫好的嘞？别说你嘞，额也好想知道撒！"佟四嫂说着，向尤三姐挥了挥手，叫，"三姐儿嘞！过来坐坐撒！"

尤三姐走过来，向我点点头，笑道："带了酒来的，就是想听故事的撒！"

就说嘛！这是个聪明的女人，跟一般工人不一样呀！我勾勾手指，向她抛个媚眼："来吧，亲爱的，让我深入你！"

"哈哈！"久不见笑容的佟四嫂，居然率先笑了起来，我和尤三姐也笑了，没心没肺地，笑得像傻子。

"说说吧！"我给尤三姐倒了杯红酒，又夹一块红烧肉到她的饭盒里。尤三姐坐下来，拿起红酒杯，晃了几下，看她摇杯子的动作，与我熟悉的一个女工夏双甜的动作非常相似，娴熟、自信。夏双甜是一个钢筋班的班长，我之前跟踪写过她，通过了解，我们成了朋友。

"额晓得，你是想知道，额这条腿和脸上的疤是怎么来的撒！额双甜妹子跟额说过，你呀！莫只是做建筑安全管理的，还是个写书的人撒，她说你想为额们这些工地上的女工写点字，记录一下额们的生活。

"额呀！觉得写写额们挺好的撒。你说，额们出生的地方都穷，女娃子都莫能认得几个字，十几二十岁就跟村里人出来做工地撒，几十年来，酸的辣的脏的臭的重的累的，全都尝过做过了撒，可额们呢？从嫩滋滋的女娃子做成现在人鬼莫是的老太婆，皮肤比毛坯墙粗、比酱油黑,腰弯背驼,头发稀、眼睛浊的,青春莫了、身体莫了,可额们又得到啥子了嘞?乡下是回莫去的,除非是回去等死撒!家?额们有家吗?家可是要安的,额们的家安在哪儿撒?在你们南方的城市里?在燊城?可能吗?在工地吗?工地也安不了家撒,今天这里明天那里的!

"额二十六年前出来做工地,工资是四百,当时房价去顶了也就四五百,可额们那时乡下的家里,阿爷阿奶父母兄弟姐妹一堆人,上老下小几十口,都等着吃饱肚子。额们在工地流汗流血赚的钱,全寄回去糊口了撒!

"过几年,待额们工资高一点,额们又年纪大了,要结婚生娃伢子,组建新家庭。组个新家莫容易撒,请客吃酒要钱,新衣新被要钱,新婚夫妻不好意思跟工友挤一间工棚,出去租房子要钱,干啥子都要钱,工资紧巴巴的。

"跟着怀孕莫能干活儿,少了收入,娃伢子出来了撒,负担更重了嘞。现在养个娃伢子得多少钱撒?额可莫想额的娃伢子也跟额一样,一辈子只能在工地上,额希望他往后能有多点选择嘞!额莫敢多生,只生了俩，额就想着，反正就养两个，累就累撒，苦就苦撒！再难也得挺过去撒！你说是吗？蔡工，当父母的，莫不是一样的？

"额跟额男人，每天起早贪黑，加班加点，拼命赚钱，让两个娃伢子上好的幼儿园，跟着花大钱也让他们读你们的公办小学、中学，还让他们学讲白话，跟你们的娃伢子交朋友，吃喝穿着也莫能跟同学差太远的，要不娃伢子就在同学里莫能抬起头了撒，可这些，都得花钱嘞！额俩的工资的确一年一年地涨，可涨的幅度跟莫上花钱的幅度撒！额天天趴在工地上捆钢筋捆模具捆板材，捆到昏天暗地，腰都直莫起来，明明工资单是越出越多的，可额夫妻俩的存款，总见莫涨上去。额们怕撒！怕一停歇下来，额们就连娃伢子们的生活也供莫上。"

"这不，五年前，额莫就出事了撒！额从早上六点一直捆钢筋，捆了近六个小时，额的手麻了，腰酸得莫直得起，眼里冒星星的。额也莫晓得那回是咋回事，反正就是昏了头，莫啥意识的。忽地，就听到两声哨子响，额的身体就莫名其妙地给吊了起来，下面的信号工还莫发现额被吊起来了撒，是在上面扎钢筋的夏双甜瞧着了，立马呼救，那时，工地上好多人跟着夏双甜呼救嘞！额也一下子从迷糊中醒来，吓得心直跳的！额的右腿干啥子被卡在钢筋里头了嘞？额就像挂腊肉般，被悬着倒挂在半空中，吊臂动一动，额的身体就摆一摆，额的头是朝地的，只有右脚崴子可以救额自个儿了，额心里就想，这脚死活也要钩紧了钢筋，千万钩紧了撒！万一钩莫紧，额这样掉下去，脑瓜着地，开一堆豆浆出来，完了！所以额右脚一直死死钩着，再痛也钩着。那吊绳一点点地放，塔吊司机莫敢放太快，放快了，额也有可能掉下来的。

"夏双甜他们说，额在上面被吊了大概二十分钟，额感觉是二十年。工地上的人在下面铺好了软垫子，又担来了抢救的担架子，塔吊司机才敢把额一点点往下放，可他一动，一放吊绳，卡着额脚的钢筋就松了一根，擦着额的脸掉了下去，额当时还有感觉，脸火辣辣的撒。可额顾莫着痛撒！额的心里只想，钩住，一定要钩住嘞！

"夏双甜说，他们瞧见那根钢筋掉下来时，都尖叫了撒，心里都想，这回完了嘞！额男人甚至跪在地上，拼命地磕头大哭，求老天爷留下额的命。她说的

107

这些,额啊!根本就莫能想起,额根本莫知道自己有没有被放在软垫子上,反正额晕晕昏昏的,眼前黑麻麻一片,想吐吐莫出来,想哭哭莫出声,难受,浑身都难受,那种难受的感觉,额根本就莫得形容,黑不溜秋的,黑不溜秋的。额以为,额要死了嘞,这回额肯定死了嘞!额的身体咋那么重撒?额明明睁着眼,咋就看莫到嘞?额的娃伢子们嘞?他们哭啥子撒?干啥子都在叫额?额在哪儿了撒?

"待额睁开眼睛能看到东西时,额已经在医院的病床上,额都躺了两天了撒!额男人守在额床前,看额醒来,居然嗷嗷地哭起来了,额说你一个粗糙糙的男人,哭啥子哭,口水鼻涕全出来了撒!多难看。他就笑,哭着笑,说他心里慌,慌额醒不来,他跟娃伢子们咋办?现在额醒来了,他高兴撒!高兴撒!额想笑他,额醒不来,你刚好找个小妹儿呗!可额一扯嘴,额的脸就痛,钻心地痛,额才发现,额的脸给绷带裹严严的,额想起那根擦着额脸掉下去的钢筋,额想额的脸完了撒,那钢筋肯定削走了额半边脸了,额肯定成丑八怪了撒!

"可额男人安慰额,莫关系,最重要的是留住了命，脸上那点肉，没了会再长，最多就多一道疤，还显个性撒，他莫得嫌额丑的，他会一辈子对额好的！额跟了他二十年，额信他。

"额是后来才从夏双甜那里知道，额差莫多被放到垫子上时，额男人像疯了样扑了上去，谁也拦莫住，他用肩扛着那捆摇摇欲坠的钢筋，莫让吊钩直接放在垫子上，他怕钢筋压额身上，会给额造成二次伤害，跟着其他人也跑上来帮忙，额是被解下来，抬上救护车的。额男人向来是个好脾气，可那天，上救护车之前，他把那个司索信号工，闷头揍了一顿，要莫是被拉开了，可能那信号工当时比额也好莫到哪里去了撒！

"那个信号工为啥子会把额也一把送天上去了嘞？呵呵，玩手机撒！他刚换了个新手机，装了微信，那时莫是刚兴起微信吗？他忙着在微信里跟什么人群聊什么的，聊得兴起，都忘了额还没把钢筋捆好，额都莫给他说可以发信号撒，他就莫名其妙地发了信号，额都给挂到半空中了撒，他都还在打字，若莫是夏双甜，额肯定死了嘞！也是这次，额跟夏双甜成了好姐妹的撒！

"额捡回一条命，额男人就莫让额再做司索工了嘞，可额莫能没工作撒，额的两个娃伢子马上考大学了撒，额经过这一回，更坚定了撒，千万莫能让娃伢子们再走额们的老路，额们是莫得选择，但额的娃伢子还有选择的机会嘞！所以，额就当了信号工，额是被信号工误过的，额自个儿当了信号工，可莫得去误人嘞！得负起责任撒！

"额家里现在是啥情况？额家里挺好的嘞！那年工地给补偿了些工伤款，额夫妻俩这些年也存了点，便在乡下盖了房子，每年春节回去，住新家里，倒也舒坦，比住工地强多了撒。可这属于额们自个儿的家，每年只能住一个月，剩下的十一个月，额们都是住工棚的，哪儿是家？家在哪儿？额们都分莫清了撒！

"现在，大娃伢子大学毕业了，跟夏双甜家的大娃伢子同岁，都在广州工作撒，也谈了个朋友。大娃伢子说，广州的房价太贵了，四五万一平，额们是买莫起的，但森城跟广州近，从他公司到森城，不过三四十分钟的车程，而且，森城的居住环境那么好，比广州强多了，他跟女朋友都想在森城买套房子嘞！

过年回来后,额们在森城各大楼盘转了圈,额记得四年前,森城的房价还在六七千的,这回去看,竟然都是一万三以上了,额夫妻俩,莫吃莫喝,一个月下来也存莫下一万三撒!

"蔡工,你说撒!这房子干啥子都老贵老贵撒?贵得让额们这些底层的打工仔,一辈子都住莫起。明明都是额们盖起来的房子,额们流多少汗撒?淌多少血撒?甚至多少人把命都搭上了撒!额们一辈子还是只能窝在工棚里,那些莫用盖房子的,却房子多得住莫完。蔡工,你说说撒,给额们说说撒!你一定要写,要把额们的心里话都写进去撒,额呀,咋想都想莫明白,小时候,广播里唱的歌,叫《劳动最光荣》,太阳光,金亮亮……劳动的快乐说不尽……可额们,额们天天月月年年都这样劳动着,额们哪有啥子快乐撒?光荣?啥是光荣?一辈子窝在工棚里是光荣?买莫起城里的房子是光荣?被人瞧莫起,喊泥水佬、农民工是光荣?

"哎!莫说了撒!莫说了撒!额也晓得,说了你也改变莫了的,你能理解额们,留意额们,关心额们,为额们的安全着急,同情额们的遭遇,并为额们写字,这就够了撒!真的,已经够了撒!额们都感激你,四嫂,你说是吗?是吧!额们知道你也莫容易,这世上,谁活着容易?一行有一行的难,每家有每家的苦。

"来,干一杯,蔡工,这红酒真好喝嘞,比夏双甜那里的要好喝撒!她那里的红酒,太酸太涩了撒,跟猫尿差莫多,你这个好!回头你告诉夏双甜,这红酒在哪里能买的,让她去买些回来,额跟四嫂她们一起去蹭她酒喝,啧啧,这红酒真好,颜色也正,很挂杯撒!"

我把剩下的红酒都分给了佟四嫂和尤三姐,告诉她们,明天,我送一箱子过来。

佟四嫂没心没肺地笑:"那好撒!额烧一锅红烧肉等着。"

我说:"这回,额想吃红烧猪蹄子!"

四、抹灰的乔艾艾

何华不止一次地告诉我,工地的工人是最难管最难缠的,特别是女工,特别是那个叫乔艾艾的抹灰女工，简直就是个怪物，胡搅蛮缠。她又是个女人，骂是骂不过，揍也揍不了。

我第一次领教乔艾艾的厉害，是在何华的办公室里。乔艾艾到项目经理办公室找何华，我刚好在看一个高支模方案。乔艾艾满身都是灰白色的泥子粉，脸上和安全帽上，都是厚厚的一层，像覆盖着雪，一双黑溜溜的眼睛，在"雪"下一转，声音就来了："何经理，才莫见三天，咋又长帅了撒？"

说着，屁股自来熟地往旁边的黑色皮沙发上跌下去。

坐在电脑前面做事的何华不由得翻眼："哎哎，艾艾！你、你莫坐撒！"但何华的制止还是慢了半拍，乔艾艾的屁股已经稳妥地"跌"在漂亮的黑皮沙发上，腾起一层灰雾。

"哎！你，乔艾艾，额跟你有仇撒？"何华从电脑后面跳了起来，气急败坏地指着乔艾艾，手指气得直抖。

我才知道，眼前这个大大咧咧的女工，原来就是大名鼎鼎的乔艾艾啊！乔艾艾拿下安全帽，露出一头直爽的黑白两色的短发，帽子直接搁在茶几上，何华噜噜走前几步:"都跟你说过多少次了撒? 身上的灰拍干净了,再进来。"

乔艾艾拍开何华的手指,翻了下白眼说:"矫情吧你! 哪个做抹灰的能拍得干净的? 你艾姐额若是干干净净进来找你,你恐怕就得想,奶奶的,这屙女人今天又莫干屙儿活了,请她过来有锤子用撒?"

乔艾艾模仿何华的语气说话的样子,滑稽可爱,我实在忍不住笑。听到我的笑声,乔艾艾才发觉办公室内还有人,目光重心转移到我的身上。我还想主动打招呼的,没想她就叫起来了:"哎哟喂,额说何经理,光天化日之下,你还金屋藏娇嘞! 好家伙,怪莫得你贼紧张了撒!"

我立马感到脑门发涨,这是哪出跟哪出啊? 何华更气得跳脚,大叫:"乔艾艾,你给额滚,立刻滚出去,有多远滚多远。"

我还是第一次见到何华这么生气,佟四嫂饭堂出事故时,他都没这样气急败坏过。看来这女抹灰工是他的克星。

"真的撒? 你确定?"乔艾艾泥子粉覆盖的脸上,眼睛黑白分明地瞪着何华,何华吼道:"真的,额确定!"

"好嘞,那额滚撒。"

说完,乔艾艾真的拿起安全帽,抱着脑袋,要往地上滚了。

"哎!艾艾,莫要得!"还在暴跳的何华,看见乔艾艾真的要滚,态度立刻180度转变,拉着乔艾艾的手臂,声音温柔地说,"别闹了撒,这样让蔡姐看笑话,莫好!"

"艾艾"二字叫得很亲切,敢情两个人的关系不一般嘛,我没想到剧情会是这样反转的,看一眼何华,再看一眼乔艾艾。乔艾艾已经再次跌在沙发上,何华从茶几的纸盒里,抽出几张纸巾,递了过去,说:"蔡姐是区专家组的负责人,在帮额看方案呢,你找额啥子事撒?"

乔艾艾的眼睛往我身上转了转,她脸上的泥子粉实在太厚了,我看不到她的肤色。

"莫好意思嘞,蔡工,额刚才是跟你开玩笑的!"乔艾艾说着,用纸巾往脸上胡乱擦了把。何华干脆从墙上取下一条干净的毛巾,放水盆里浸湿,然后扭干,递给乔艾艾,柔声说:"赶紧擦干净,跟你说多少次了撒,戴好专用面罩再进去抹灰,你莫一次听的。"

"额戴了口罩的撒。"乔艾艾接过毛巾,擦完脸,还擦头发。三两下,何华给盛过来的水盆,水面上就浮着一层白色。

"口罩顶个毛用!"何华很不满意。

白色的泥子粉被擦干净,一头干爽的短发下面,露出一张白皙的脸孔,不算特别标致,但小巧玲珑,眼珠溜圆,非常可爱,像只兔子。我心里没来由地浮现"兔子"两字,特别是她笑起来,稍稍外突的门牙露了出来,更像了,活脱脱就是的。

好可爱的姑娘,这么白皙的皮肤在建筑工地上,是稀有的。转念一想,也释然,抹灰工终日在室内施工,不经常晒到太阳,俗话说,一白遮三丑,何况这乔艾艾还这么活泼可爱,难怪何华会对她无可奈何的。

我对何华说你有事我就先走了,拿起方案,准备往外走。何华叫:"哎,蔡姐,别走,这……这,乔艾艾,你莫事,赶快回去撒。"

乔艾艾一脸委屈地望着何华:"何经理,能先给批点前期款吗?"

"你……"何华指着乔艾艾的鼻子,气得发抖。我看着搞笑,别看这个叫乔艾艾的,样子长得单纯可爱,可肚子里弯弯绕绕的肠子,却是不少的。我忍着笑,眼看着马上就要上演一出好戏,我怎可错过?我又坐下来,装模作样地看方案。何华看看我,又看看乔艾艾,样子着急无奈又滑稽可笑,我猜他肯定很后悔把我挽留下来吧。检查工地那么多年,我还是第一次看到威风凛凛统领千军的项目经理,居然被一个灰头土脸的一线工人给急得不知如何是好。

这乔艾艾还真懂拿捏,攀着何华的手臂,可怜兮兮地说:"您就给先批点嘛!额是连买灰抹子的钱都没有了撒!"

哈哈,我在心里狂笑,笑容都藏不住,溢上嘴角了。这样子长得像个小丫头的乔艾艾,装得很委屈,理由也让人无法拒绝啊!你说,一个抹灰工,要是没有了抹灰的抹子,那还能好好地把工程进度完成吗?像昊天城这样的大楼盘,进度就是一切啊!如今楼价是一天一个点地涨的,迟交楼一天,红彤彤的钞票就是百万千万地飞啊飞,乔艾艾看似软弱无力,看似可怜兮兮的，却四两拨千斤地把"影响工程进度"的盆子，轻轻举起，重重扣在何华头上，任何华再多拖延的说辞，在这天大的盆子面前，都变得软弱无力了。

何华脸色憋得通红。我猜他现在是恨不得我识趣先走，可这么精彩的好戏，错过了，可就没机会再看了，我不走，就不走，就算领导来电话也不走。

"这……蔡姐，要不，你先……先把方案拿回去，额……额明天过来建协找你。"

何华不得不向我下逐客令，我才不上当，笑着回他："不妨事，我只今天有空，明天还有许多事呢，你先忙了这抹子的事，我们再研究方案也不迟。"说完，我特意向何华眨眨眼睛。

何华摊着往外请的双手，通红的脸都憋成猪肝紫色了。我是蛮同情何华的，自古以来，最难对付的是小人和女子，现在，还是两名女子，一个不能得罪，一个得罪不起。

"对对，就是抹子的事而已，小事，何经理，您大笔一签，额马上走人，耽误莫了您的正经事。"

乔艾艾抓紧机会，变戏法般掏出一张皱巴巴的单子，一本正经地双手递到何华前面，那双兔眼睛般的眼珠子，定定地看着何华，仿佛一眨眼就能眨下水来。何华肯定是最受不了这随时能下的水吧，唉地叹了一口气，拿起笔，在那张单子上，唰唰唰地签上名。

"谢谢何经理，谢谢何经理。"乔艾艾飞快地把单子收进口袋，笑得快看不到眼睛了。何华剜了她一眼，又看了我一眼，压低声音说："赶快出去，记得戴抹灰专用面罩，那些一次性口罩莫抵用的撒。"

"那，再拨点买面罩的钱撒！"

"滚！……"

何华再也顾不得形象了，暴怒起来，将乔艾艾推到办公室外面，我猜，若不是我在这里，或乔艾艾是个男的，何华肯定会暴打她一顿。看来乔艾艾是把何华吃得死死的。

"那个，那个，蔡姐，让你看笑话了撒。"何华的样子真憋屈，我都快忍不住要大笑出声了。

"你这个外脚手架的方案没多大问题，只要把悬挑大梁的荷载计算补充上去就可以了。"我放下方案。何华差点跳起来："原来你已经看完了的撒？"

何华跳着脚:"蔡姐,你,你,唉!蔡姐,你,怎能这样撒!"

何华着急的样子真好玩,他本来个子也不高,长的也是一张娃娃脸,皮肤白净,这么看着,跟乔艾艾还真有几分冤家相。我眨眨眼睛:"怎撒?姐我又怎样撒?"

何华一泄气,坐在项目经理的大班椅上,说:"蔡姐,你分明是在等看好戏的嘞!"

"真聪明。"我向何华竖竖手指头。何华又跳起来:"蔡姐,额……额和乔艾艾,没啥关系的,真的,半锤子关系也莫有撒!"

"嗯,我知道!"

"那个,哎!也莫能说半锤子关系也莫有,她嘛!是额高中的同学,额们都是一个镇上的。"

"哦,原来是同学啊!……"

"对对,就同学,就同学那么简单!"

我故意用比较暧昧的眼光看着何华,坚持不再说话。沉默,就是最佳的问话,我赌定何华肯定撑不了多久,就会把他和乔艾艾的故事一一和盘托出。

果然,沉默了不到两分钟,何华就开始讲他和乔艾艾的故事了。

何华说，他和乔艾艾是高中同学，当年高考，何华考上了，乔艾艾落榜了。他们本来就交集不多，上大学后就更没来往，只是偶尔在同学聚会时，听说乔艾艾去了南方打工，很快就嫁了个卖建材的。

多年后与乔艾艾的相遇，非常偶然。何华既是昊天建设华南项目的总负责人，也是森城昊天城的项目经理，所以要经常到森城来处理昊天城的事情。昊天城一期项目框体起来了，何华要物色一支有实力有技术的抹灰队伍，于是便到朋友李昌负责的保利项目去看一下。没想到，何华到保利项目时，项目上刚好有纠纷，有个抹灰班组在闹前期款。李昌被这个抹灰班组闹得没有时间理会何华，何华听说是抹灰班组在闹，来了兴趣，便跟了过去，没想到，这班组带头闹的，竟然是一个女工。那女工灰头土脸的，安全帽歪歪斜斜地戴着，拎着大抹子，叉腰撇腿，一副扈三娘的样子。才看到李昌，那女工就冲上来，大抹子挥着叫："姓李的，说好的前期款撒？"

李昌赶紧躲过那大抹子，说："公司拨款也要按流程走的，再过两天，再过两天！"

"啥？再过两天？你是第几次说再过两天了撒？莫十次也有八次了嘞！"那女工黑黑的眼珠一瞪，往地上吐一口沫，"长那么高的个子，还是个站着撒尿的，咋说的话就一点尿性也没有撒？再过两天，老娘和兄弟们都得饿死了撒！"

好熟悉的乡音啊！何华莫名地对这个扈三娘一般的女人产生好感，他正想问女人是哪里人时，身旁的李昌喊："乔艾艾，你说话注意点。莫就欠了你们几天钱而已，反正请款的申请额已经做了上去，公司审批流程，莫是你们说急就能快的，你们爱等莫等，莫愿意等就给老子滚犊子走人！"

"乔艾艾！"居然是乔艾艾！何华相信自己没有听错，李昌喊得非常清晰。

李昌处理完乔艾艾的事情，过来抱歉地说："阿华，放心，额介绍给你的抹灰班组，不是乔艾艾这一班的，陈大抹子的班组，比这姓乔的技术要好，还老实得多！"

"你怎么会找一个女的抹灰工？"

何华心里一万个为什么。自从高考后，他便没跟乔艾艾联系过，只记得高中时的乔艾艾是个总红着脸、低着头,娇羞得像只兔子的小女生,羞涩得很,跟眼前扈三娘一般的女工根本搭不上。

"哎呀!老子莫就是一时心软嘛!看她一个女人莫容易,又是老乡,结果老子是搬石头砸自己脚了嘞!这女人,特能来事特能闹,她是个女的,额打她莫是,跟她争也莫是,真他妈的憋屈。"李昌说得咬牙切齿。

但当时何华却认为李昌是夸大了说法,不就一个被欠薪逼急了的女人吗?有多难缠?当何华跟李昌要乔艾艾的电话时,李昌瞪大眼睛看着何华:"等等,老子莫听错撒?你想让这屌女人给你们昊天城做抹灰?你莫怕被她缠上了撒?"

何华笑笑,没接话,又是老乡又是同学的,都在异乡拼搏,能帮就帮一点吧,况且,乔艾艾的班组,抹灰的确抹得还不错,缠上就缠上呗。就这样,何华便将昊天城项目的抹灰工程给了乔艾艾做。

"那,你们……现在……"

听完何华讲他和乔艾艾的故事,我忍不住问,刚才看何华对乔艾艾的那种又爱又恨的表现,看来两人的关系已不像是同学那么简单了。何华挠挠头发,对我浮现一个意味深长的笑容，很有点男人那点事你懂的意思。我也不好再追问别人的私事，工地上这样的事情，也是多了去的，像何华这种常年在外跑的项目经理，钱是不缺了，就缺个能填补空床的女人。

怪不得刚才乔艾艾能这样有恃无恐了。

离开昊天城工地，我很快便将乔艾艾和何华的事情放下了。像这种各取所需的事情，本就没有对错之分，只是价值观不同，选择活着的方式不一样而已。

再次与乔艾艾见面，又是因乔艾艾向何华要工程款的事。这本是他们之间的私事，但何华向我打了求救电话，电话里，他的语气又气愤又无奈："蔡姐，帮帮忙，劝劝她，你们女人和女人之间好说话。那个女人，老子他妈的一步一步地退，她就一步一步地进，简直就是胡搅蛮缠，不可理喻！"

我挂下电话，出来混的，总要还的，敢去风流，就别怕风流账来缠。我心里嘲笑了何华一下，本是不想理会这种破事，但乔艾艾这个抹灰工，实在让我感兴趣，她现在在昊天城项目做抹灰，何华肯定是尽其所能，把可以拿到的好处都优先给她的，她还有什么不满足的？从何华的描述中，她应该是个明理温婉、聪明剔透的女子，不会不懂得见好就收的道理吧？

　　我直接到昊天城项目去找乔艾艾，何华说得对，女人和女人之间，应更好说话的。我在昊天城一期10座12层看到乔艾艾，送我上12层的冯珠珠，还好心提醒我："那个做抹灰的女人，最能撒泼了撒，你找她要小心点，额们何经理都给她用大抹子砸过几回了嘞！"

　　我心里颤颤，这么强悍的女人，怪不得何华招架不住。

　　乔艾艾没有戴抹灰专用的面罩，只戴着一个普普通通的口罩，头上戴着蓝色的安全帽，只露出一双黑亮的眼睛，眼眉和眼睑全是粉白的泥子粉。我四周转了转，这一层正在做墙体找平，混凝土墙面在滚涂界面剂，手工还过得去，不算太好，也算不上差，做完界面剂后，就要抹灰砂浆，昊天城是统一用薄层水泥基抗裂抹灰砂浆的，做出来的效果，平滑美观，现在很多楼盘都会选用这一类的薄抹灰砂浆。我这样巡来巡去的，很快就引起了乔艾艾的注意，她放下抹子，对着我喊："哎！那个，那个谁？你这兜兜转，看啥嘞？看啥嘞？"

见我不搭理她,她干脆赶上来,骂:"说你嘞?靠!装聋是莫是?该莫是想偷东西的撒?"

乔艾艾叫着,骂着"三字经",很快就来到我身后了。我回头对她一笑:"乔妹子声音好听,骂脏话也悦耳呀!怪不得何经理那么受用。"

"你?靠,好像挺眼熟的,在这里逛啥子嘞?"乔艾艾瞪着眼睛。

我指指头上的安全帽,帽子正中印着"专家"两字。

乔艾艾看了一下,很不屑地哼哼鼻子:"喊,这样的帽子,老娘宿舍里有一堆。"

"哦?"我来了兴趣,这女人可真够放肆的。乔艾艾双手抱胸,踮着脚,很得意地说:"有啥奇怪的?老娘做抹灰做了十几年,比你们这些专家莫知要专家多少倍撒!"

也是,我就是个没有任何实战经验的所谓专家,每天干的都是纸上谈兵的事情,从实际操作上,乔艾艾的确是比我专业很多,我也不敢拿书上的什么平整度啊厚薄度什么的跟她说了,抹灰讲究的是手工处理,真真正正的技术活儿,没有实打实的经验,灰是抹不上墙的。我只能笑着对乔艾艾做一个佩服的手势。

乔艾艾很嘚瑟:"你莫话说了撒?快走快走,这里到处都是薄抹灰,不是你们这些娇滴滴的女人该来的。"

我自然不愿意在这粉尘飞扬的地方待着,所以,邀请她跟我一起下去佟四嫂的饭堂坐坐。乔艾艾马上拒绝:"莫行莫行,额还要干活儿嘞,工程赶得很。你们这些专家,净碍事儿,没事上来做锤子撒!"

我说:"今天的工钱,何华会给你结算的。"

"你咋知的撒?"乔艾艾仔细看了我一会儿,突然一拍脑袋,"额记起来了撒,你是那个姓蔡的专家。"

我点点头,本以为乔艾艾会开开心心地跟我下去饭堂的,没想她立刻变脸:"怎么又是你?听说你经常过来我们工地的,你到底跟何华是啥子关系撒?"

真没想到,这女人会质疑我跟何华的关系,她真以为每个女人都跟她一样吗?想到这里,我心里来气,可我也不可能跟她说,昊天城是我深入跟踪的项目,本职工作除外,我还在写建筑女工的题材啊!况且,跟她说了也是白说,她听得懂吗?能理解吗?会配合吗？我脑海里转了好几轮，最后还是决定不跟她挑明，毕竟她与何华的关系太敏感了，我若告诉她我要把她写到书上，她肯定不会再理会我的。

打定主意，我还是保持微笑："昊天城是我区中心城区最大的楼盘，我是区安全生产专家组的负责人，我常过来不是很正常的吗？"

乔艾艾挑挑眉毛："额说你们这些专家撒、领导撒，什么的，能莫能少过来检查一些，每回你们过来，额们项目部的人都要额们这样那样地准备，还要这样改那样整的，很耽误额们做事的。"

我也挑挑眉毛："我们不来检查，你们就可以放开手脚，胡抹乱来？要进度，那还要不要质量和安全呢？我们现在这样紧密地检查监管着，你们工地还出那么多的质量问题和安全事故，要是我们不检查不监管了，那还不天天有事故？恐怕这些房子，都不能住人了！"

说完，我走到一面墙壁，拿起地上的一块断木，在墙壁上轻轻一刮，薄抹灰随即掉了下来。我对乔艾艾再挑挑眉毛："砂浆的黏度不够。"我再捡起一根直的木方，往墙壁上一拍，墙壁与木方中间，露出了很大的缝隙,我指指缝隙:"找平太马虎了,水平都没打好。要是你是这房子的业主,你乐意不乐意?"

乔艾艾双手抱在胸前,鼻子哼哼:"关老娘屁事撒?反正老娘也买莫起这房子。"

我一扔手中的木方,拍拍手:"这就是你的不对了,何华请你过来,是让你把房子抹灰做好、做合格了的,而不是许你乱刷几下就糊弄过去的。你既然接了这项目来做,就得要为这项目的质量负责!"

乔艾艾翻翻白眼"喊"一声,说:"你以为你是谁撒?敢来教训老娘了嘞?"

我也生气了,这个乔艾艾,简直就是恃宠而骄,我按下施工升降机的呼唤铃,让冯珠珠上来接我。临走时,我严肃地瞪了乔艾艾一眼:"教训你,我当然是不敢的,但我话撂这里,你若总这种心态,你住不起这房子就不认真对待,那我也不会跟你客气的,只要是我带队来检查,你这里都必须停工,重新整改,不整改到达标,休想继续开工!"

走进升降机,冯珠珠看见我气鼓鼓的,问:"被姓乔的气着了撒?这女人很跋扈的,每天下班时间,总占着一台升降机,非要等她班组的人把所有工具都搬进来了,才许下去,别的班组都得等他们的。"

我长长嘘了口气,实在没必要为这种女人动情绪。多行不义必自毙,她若再嚣张下去,迟早有一天,何华会受不了,一脚把她踢开的。

我还在思考怎么跟何华说,何华的电话就进来了。

"蔡姐,怎么你们闹起来了撒?艾艾说,你、你威胁她了!"

还恶人先告状了。我冷笑:"你觉得乔艾艾的话,能信多少?"

"蔡姐,蔡姐,一切好说,一切好说。额本、本以为,你们女人间好说话些的,莫想到,会弄成这样子撒!"何华电话里赔着不是,并请我去他办公室坐坐。

刚走进何华的办公室,何华就端茶倒水过来:"蔡姐,何必生气撒?她一个穷乡僻壤里出来的女人,出来就在工地上混了,莫啥见识,说话也莫知轻重。"

"你还怪我跟她一般见识了呀?"我气不过,把水杯一搁,"也不知道你看中了她哪点?这么蛮横无理的女人,也敢往自己工地里引,往后有你后悔的时候!"

"唉!"何华无奈地坐下来,耷拉着头,双手插进头发里,沮丧得很。他说他也没想到乔艾艾会这样难缠的,印象中,她就是个安静的不太爱说话的羞涩女生。

我冷冷一笑,在工地上混了十几年的女人,还能羞涩安静吗?何华说,乔艾艾班组进驻了昊天城工地后,他们的接触便多了,乔艾艾告诉他,她先嫁了个做建材的商人,但后来因为商人喜新厌旧,便离婚了。然后,乔艾艾就嫁了个做抹灰的,但她命不好,这个做抹灰的丈夫近两年得了尘肺病,可能是做抹灰时间长了,吸入的粉尘粒子过多造成的。乔艾艾为了养家,只能将丈夫的抹灰班组接了过来,那天何华在保利项目遇到乔艾艾,正是她刚当班组长不久,便被项目恶意拖欠进度款,所以她才被迫强悍起来的。

我想起刚才乔艾艾那副老娘天下为尊、不可一世的样子,这样的女人,怎么可能是才当班组长的?我想是何华一厢情愿地相信她说的每一句话吧!

"那你现在准备怎么处理?"我看着何华。何华脸上的肌肉抽了抽,我知道,此时此刻,他很难做出决定。

"额莫知道,她会如此贪得无厌的撒。"

何华低下头,一缕头发垂下来,挡住了他的眼睛。

"额已经是全程给她按进度拨款,很多还隐瞒上面,提前给钱了的。但她还是莫知足,三天两头就来讨钱,蔡姐,你是知道的,额们公司是大集团,批钱的程序复杂得很,审核很严格的,稍有差池,额便是牢狱之灾,额总莫能拿自个儿的前程来开玩笑撒?"

我看着何华,他的头一直低着的,不肯抬起来看我。我特意笑了笑,调侃说:"像你这样的级别,至少年薪几十万吧?拿十来万出来帮帮她,也不是不可以的呀,毕竟,她家里的确很困难,你知道洗一次肺要多少钱吗?"

"那个,那个,蔡姐,莫是额莫想帮她,额的工资卡在额老婆那里,额哪有那么多盈余的钱撒?额总莫能回去问额老婆要,对吗?"

我自然知道,何华是不可能拿他的家庭来换乔艾艾这个临时情人的,甚至稍多一点的金钱,他都不可能拿出来的。男人在做一件事之前,最习惯的是,衡量利益。我心里叹气,也明白了何华为什么要找我来帮忙了,如若那天乔艾艾进办公室讨要工程款时,我不在场的话,他肯定不会找我的,这样的事情,当然是越少人知道越好。但既然我知道了,那么,若能通过同性的劝说,使得乔艾艾明白自身的处境,适可而止,那或许能双赢。何华尝试着利用我这个算盘,没想到我这个算盘没能利用起来,反而打散架了。

我甚至可以猜测得到,乔艾艾在我转身离开施工现场,给何华打电话时,说的内容了。这是个急功近利的女人,我说要查她做抹灰墙体的空鼓,测垂直度,量厚薄,每一样都是要费工时的,若真要她返工或停工,那还不是要了她的命?人之爱财,天经地义,可像她这样迫切地追逐金钱,还如此显露,是少有的。

我手指在茶几上轻敲了三下:"乔艾艾!"

何华几乎跳起来,忙辩解道:"蔡姐,那个,那个艾艾是有点任性,莫懂事,你千万别跟她计较,额这人做项目你是知道的,最是谨慎守法的,绝对莫有偷工减料,莫有忽略安全生产的事情的。"

我笑了笑,拿起安全帽,站起来说:"可乔艾艾做的抹灰,要严格起来,问题还是很多的,你自己把握吧!"

我说完往外走，何华追出来："蔡姐，额一定监督好，一定会重视起来的，您放心撒。"

我回头看一眼何华。第一次见何华，是在住建局领导的办公室里，他来申请施工许可证，刚好我进去找领导定全年的检查计划，看见他坐在黑色的沙发上，穿黑色衣服，扬着一张白净的脸孔，很年轻，娃娃脸，根本看不出他是昊天城的项目总负责人。我莫名地对这个娃娃脸的年轻人产生了好感，刚好我想做一个专题，需要深入建筑工地内驻点，于是，我便把目标定在了昊天城。

"你去过乔艾艾家了吗？见过她的丈夫了吗？知道她老公姓什么叫什么吗？"

何华摇摇头："额、额哪能去撒？您说是莫，蔡姐？但额知道她老公姓邬，重度尘肺了，恐怕熬莫得好久了嘞！"

嗯，对的，他哪能去呢？他是什么身份？有什么资格？又或者，他根本就没想过去，本来就是一场鱼水游戏，涉入太深，就不符合游戏规则了。我心里冷笑一下，乔艾艾啊乔艾艾，何华根本就没把你当颗蒜，你还真以为自己能炒出一盆大菜来？

就是一出混账事，实在无谓干涉，我甚至有点儿后悔那天故意留下来看何华的好戏了。

本以为，不理会，事情就过去了，就当乔艾艾是个失败的跟踪对象。写她，似乎偏离了大众对建筑女工的习惯认知，说不定会招来谩骂，这样的一身骚，我真不想惹。

可，不想理会，事情自找上门。

这是今年春节前最后一次安全生产检查，参加检查的专家都在区住建一楼集中，我正在给专家们签到和发放安全帽，忽然听见看守大门的保安大姐跟什么人在吵闹。平常这个保安大姐跟我关系不错，听她叫得很大声很着急，我害怕她出什么意外，便跟几个专家冲了出去。

五六个戴着破旧的蓝色安全帽、身材高大的农民工围着保安大姐，大姐拼命地喊："你们不能上去的，都在正常办公，你们先到那边坐一会儿，我马上给领导汇报，很快就有领导下来给你们处理的了。"

有个细小的声音说："额们莫是想闹事，大姐，额们都是老老实实地卖力气干活的农民工，额们实在是莫得办法了，才过来你们这里的！"

声音有点熟悉,一时却想不起来,我走近一看,原来在五六个身材高大的民工里面,还围着一个身材娇小的女工,她也戴着蓝色的安全帽,帽子上还覆盖了一层薄薄的石灰。虽然她背对着我,身材也被粗厚的灰扑扑的工作服掩盖着,但我仍能一眼看出是乔艾艾。我的心咯噔一下,脑海里第一时间闪过的念头是:以她与何华的关系,没可能追不到工程款的,这女人又在作了。这样想着,我便放慢了脚步,甚至还想赶快离开,这种胡搅蛮缠的女人,还是远离的好。

可我躲不了,乔艾艾已经发现我了,她尖叫一声:"是你,就是你,蔡姐、蔡专家,救命撒!"

我的心像被尖锐的刀划过,冰凉刺痛的,该叫救命的是我啊!越是想躲,越是躲不过。已不容许我假装听不到了,乔艾艾拨开几个民工,几步冲上来,拉着我,像抓住了救命稻草一般,喊:"蔡姐,您认得额的,是莫是?额是昊天城工地的抹灰工乔艾艾,额们见过两回的,对莫对?蔡姐,额的好大姐,原来您是在这里上班的,那就好了嘞,额可算是找到了熟人了嘞!蔡姐,这回,您无论如何都要帮额,帮帮额们这些弱势群体撒!额们辛辛苦苦在工地上干了一年，就只靠这年底项目给结算工程款回老家过年的，可现在离过年莫剩下好多天了撒，可额们的工钱却是看莫到影子的！额们是叫天天莫应，叫地地莫灵的！您说，额们咋活撒！"

乔艾艾嘴巴很灵活，一骨碌，嘚啵嘚啵说了一大串，条理清晰，内容明了，还感情到位，我心里骂了千百次，装、还装、还装。我知道她这种人，你越理她她越得劲，便干脆不理她，随她说。

见我不出声，乔艾艾眼睛一转，立马就换了个表情，眼泪在她的眼眶里转了下来："蔡姐，您是坐在这么高尚的青天大衙门里上班的，莫晓得额们农民工的艰辛，额们上有老下有小，一年到头在工地上拼死拼活地干，生病了也莫敢到医院看，就是为了省几个血汗钱，过年回家给娃儿们买套新衣服，您是有文化有知识的高尚人，坐在办公室里享着凉丝丝的空调，收入就是几十万的，可额们，日夜莫停地做事，到头来连一分钱也收莫得，您说额们该咋活？额们也莫是莫讲理的人撒，额们只是想要回额们应得的那一部分，额们完全莫有过分要求的，求求您，发发慈悲，帮帮额们撒！"

我看着她,她应该是刚干完活就过来了,脸上、眉毛上和刘海上都还粘着泥子粉,这样声泪俱下,眼泪和泥子粉糊了一脸,实在招人可怜。昊天城工地离区住建局不远,他们应该是守着局里上班的时间赶过来,这才上班,领导们还没有外出,他们绝对是有经过精细的谋划才过来的。虽然我只和乔艾艾见过两次面,但也算是领教过她的犀利和彪悍,这次她这样踩着点带人到区住建局来闹,肯定是达不到目的不会罢休的。

可我并不在住建局上班,我只是个负责检查工地安全生产的专家组领队,每天领着专家们巡查工地,没有凉丝丝的空调,只有头顶的烈日,办公的地方也不高尚,更没有几十万的年薪。这个乔艾艾真的很会想当然地来事儿,我自然是不会跟她这种人解释什么的,这本来就不关我的事。我把她的手掰开,客气地说:"我不是这里的负责人,我们只是在这里集中而已,您的事情,我真帮不上忙。"

这时,保安大姐也打电话通知了局里负责农民工工资纠纷的领导,走过来请乔艾艾:"这个大姐,麻烦您跟我到接待室坐一下好吗?很快有领导下来处理您的事情了。"

住建局一楼有几个小房间,是专门接待各种纠纷用的,保安大姐因长期处理这些问题,已经很专业很称职也很有耐性。乔艾艾却根本不领情,她认定了我是那个能给她讨回工程款的人,无论保安大姐怎么劝,她都拉着我不肯放手,我已经几次用劲把她的手掰开了,她又拉着,还用另一只手抹鼻涕,说:"额哪知道你们是莫是联合起来骗额的?额要是放手了,你们就莫管额的事情了,额还能找谁撒?额们累死累活了一年,总莫能白干了撒!你得给额们做主!"

我心里喊救命,真佩服何华,这么难缠的女人他也啃得下去?还敢欠这样的女人的工程款?他不怕这女人拿刀砍到他家去吗?

几个专家见我被乔艾艾缠得实在没辙,想上来解围,但那五六个抹灰工好像是受过专业训练般,很默契地围了个半圆,把几个专家隔开了,我才是那个叫天天不应,叫地地不灵的,我干吗这么好心啊!刚才不走出来,就什么事都没有了。我气急地给何华打电话,但电话的对面,传来了"嘟嘟嘟"的忙音,我脑子嗡地响了下,这几天都很忙,没去昊天城工地,我已经有很长一段时间没跟何华联系了。

"你莫用给何华那个×人打电话了撒！要能找得到他，额用得着跟兄弟们过来你们这里闹吗？额也读过高中的，多少晓得点法律，知道些维权的途径，额这莫是莫得办法了撒！"乔艾艾抽着鼻子说，眼里全是不甘、委屈和无助。

我的心又像被尖锐的刀子狠狠地划了一下，痛得酸麻。我也是一个女人，设身处地地为乔艾艾想一下，便理解她有多难。女人活在这世上本就不容易，工地女人更是艰难。乔艾艾是为了自己的班组，为了自己的家庭，为了自己的男人，把所有尊严都抛了出去的，若不是生活所逼，她用得着委屈自己，委身于何华吗？或许在普通人的眼里，这是不道德的，但当生活无法选择时，道德到底是什么？她不过是想活下去，和她的家人、她的班组活下去。尽管跟何华是这样的一层关系，她也没有过分要求，她仍努力干活，仍用血汗用劳动换取活下去的保障，她只要她该得的一部分而已啊！现在，她的尊严没了，她的劳动成果也眼看着追讨不成，无法保障，除了来政府主管部门闹，她还有什么途径呢？我相信，何华要躲她，肯定是有一千个一万个方法让她无法找得到。

之前对乔艾艾的所有成见和鄙视,在这电话的忙音中,瞬间消失,对她,变成了苍凉和同情。

我带乔艾艾走进接待室,给她一杯温开水。她喝完了温开水后,头低着,盯着杯子,没说话。我轻声唤她:"艾艾。"

她"哎!"的一声,回答得很轻柔。

我说:"别担心,现在政府对处理民工欠薪的手段是非常强硬的,你的问题肯定能得到解决的。"

乔艾艾抬头看着我,眼睛红红的,眼泪又在眼眶打着转,她强忍着不让眼泪掉下来,吸着鼻子说:"额、额、额没想到,额都这样付出了,那个、那个×人,还这样对额!额、额、额回乡里,要见着他,额肯定拿刀砍死他!"

我心里叹气,何华恐怕早就搬离了乡下,一家人在大城市里生活了,他们怎么可能会在乡里碰见?

经历此事,即使这次乔艾艾讨薪成功,但她和她的班组很难再在昊天城工地待下去了,而何华,照样能风风光光地当他的昊天建设华南总部负责人。乔艾艾绝对不敢拿刀冲进昊天城工地砍他,本来他们之间的交易，就是见不得光的，在道德问题上，女人永远都是弱势的一方，乔艾艾这么聪明，她不可能公开这事的。

我"唉"的一声叹气，乔艾艾一慌，扑通一下，跪在我面前："蔡姐，蔡姐，额知道您菩萨心肠，额知道您肯定有办法帮额的，对莫对？额求您了，额真的求您了撒！额在乡下，有一对双胞胎儿子要养，他们才读小学，额的男人，得了尘肺，每回洗肺的钱都是几万几万的，额是真的等着钱救命的。外面那些工人，跟了额夫妻俩十几年，都有家庭要养，额们都是老实本分的农民工，要是还有别的办法，额们是绝对莫会给政府添麻烦的！"

我赶紧扶起她，用纸巾给她擦干净脸，她的头发已长长了，扎了条小马尾辫在安全帽下，脸上多了点女人的妩媚，多漂亮的女人啊！这样的女人，本不该属于工地的，更不该是站出来讨薪的那一个，要有更好的选择，她能受这样的苦，担这样的惊，忍这样的委屈，顶这样的压力吗？

处理农民工工资纠纷的领导终于下来了，我们是老熟人老朋友了，昨天晚上他也是因为处理欠薪的事情,一直被另外一批民工围着,晚上十点多都没能下班回家吃饭,我还给他叫了个外卖。领导眼睛浮肿地走进来,今年的经济情况不乐观,很多建设单位都欠了工程款,想必这些天,他也被各种欠薪纠缠得不能睡一个安稳觉。

领导进来见我在,问:"阿燕,什么情况?"

我说:"是昊天城的工人,找不到何华,所以过来闹了。但这大姐家里还有个尘肺病人,急需用钱,您看能不能先帮忙想想办法?"

按常规程序,民工欠薪问题都由属地管理部门过来领人回去处理。听我这么说,领导马上就给昊天城项目的甲方打电话,让他们马上过来处理。

我松了一口气,乔艾艾和我找不到何华,但领导和甲方肯定能找到他的。年底是卖房子的最佳时段,甲方都急着向局里要预售,要是民工欠薪的问题得不到解决,那么甲方的预售就很难拿得到,所以,乔艾艾的问题,应该很快能得到落实。

我交代了乔艾艾几句,让她别闹,好好把班组情况给领导说清楚,然后准备好班组的出勤表和工程验收表、银行卡等。乔艾艾擦干眼泪说知道了,谢谢蔡姐。我说不用谢我,就算你没遇到我,政府也会给你们处理好的。

我们互留了电话加了微信后,我戴上专家帽,和专家们到工地去了。后来,我从领导那里知道,乔艾艾他们班组,在一周内便追讨到工薪。我尝试着再打何华电话,何华的电话接通了,电话那头,何华一声声蔡姐地喊着冤,他说他也没有办法,甲方不给他们工程款,他们拿什么给工人呢?工地上千个工人,每个人都等着钱回家过年,他的电话二十四小时都是被人打爆的,他不关机,那整晚都没得睡。何华说:"蔡姐蔡姐,别看额们被人何总何总地叫得光鲜,其实额们连农民工都不如,额们东躲西藏的,活得像只老鼠撒,蔡姐,蔡姐!"

我竟一时语塞,无以为答。

五、后记

2020年的春节来得特别快,区建协在春节前组织慈善活动,我和同事们要到区救助站赠送物资。我们将救助站需要的碗面、八宝粥、饼干和水等物资送到救助站,看到站内坐着很多人,门口还蹲着几个衣着破旧的人,看到我们的车子过来,那些人都站了起来,无声地看着我们卸物资,并没有失控地围了上来。

救助站的同事小蓝出来帮忙搬物资,我对小蓝说,这些需要救助的人,挺守纪律的。小蓝撇撇嘴,说:"你把这些换成现金试试?"我笑笑,不敢接话。小蓝在救助站工作了那么多年,形形色色的人和事都经历过了,自有她独到的看法。

我没想到,会在这个时候遇到乔艾艾。她穿着灰黑色的牛仔裤,灰色衬衣,外罩一件灰黑色的长外套,马尾辫扎得高高的。不穿工作服不戴安全帽的乔艾艾,清秀中带着几分文静,只是一身灰黑的打扮让她本来偏白的皮肤更加苍白。她似乎也没料到会在这样的场所碰到我,目光在我面上扫了一下,赶紧撇开脸。但她并没逃走,因为她的身边放着一个吸氧袋,她的肩上,靠着一个裹着厚厚棉衣的男人。吸氧管连着这个男人,男人的头发很长,几乎遮住了他的脸,我看不到他的脸色,广东的冬天从来不冷,这身厚厚的棉衣和这么温和的天气格格不入,这个男人肯定是乔艾艾得了尘肺病的丈夫邬先生了。

我本想上前问候几句的，奈何乔艾艾的脑袋一直往里面偏着，她不愿意在这里跟我打招呼，不想让别人知道我们是认识的。我抬起的脚又收了回来，我们是熟人，她完全可以在我手上多拿两份慰问礼品的，但我理解她为何不愿意跟我打招呼。在几天前，乔艾艾已经全部追讨回她带的抹灰班的工程款，我了解过数额，属于乔艾艾夫妻的数额也不少，乔艾艾现在是有钱的，我猜她或许是在欠薪问题未解决前已经申请了救助。

我在交接物资时，顺口问小蓝知道乔艾艾夫妻的情况吗。小蓝顺着我手指的方向望过去，嘴一撇，翻一下白眼说："这不是夫妻俩吗？这几年每年都来，有时候还一年来几回。我们哪敢不救助他们啊？这个女人厉害，稍不顺从她，她便闹，特会闹，动不动就说要上访。"

我说，她无理取闹，警察不管吗？小蓝说，人家也不是无理取闹，你没看见吗？她的确是有个得病了的男人啊！我们都知道这个女人有钱的，连她身边的人都举报过她，但我们有什么办法？不救助她，她就把事情往大里闹，你知道现在的网络，我们处理不好，稍不慎，我们这地区都可能被连累成网红区的。小蓝很无奈地说，这女人也说过，她的所有钱都寄回老家去了，我们要不给他们安排救助，她和她老公就坐我们这里过年，我们哪敢让他们在这里坐着过年啊？你看她的老公，还能待久吗？

我回头看看乔艾艾夫妻，那个穿着厚厚棉衣的男人无力地靠在她的肩上，我不知道这肩，要多坚强才能把这包裹着厚重又脆弱的生命扛下去。小蓝自有她的看法和道理，但乔艾艾夫妻何尝不是也有他们的道理和无奈？

我还是相信，在丈夫未患尘肺之前，乔艾艾都是一个文静清秀的可爱女人。

我默默地从物资里，挑了几罐八宝粥和几包苏打饼干，用袋子装好，让同事帮我送过去给乔艾艾。同事走过去后，我又往乔艾艾的微信发了几百块，我在微信上跟她说，在回家的路上吃好一点，病人的营养一定要保障，森城还欢迎你们回来的。

她很久才收了钱，回了我两个字——"谢谢"。

不久后，一场大疫情天降而来，本区建筑工地直到三月下旬才陆续开工,这几个月,我都在工地上继续安全生产检查工作,蒋玉成、林佩仪、尤三姐、佟四嫂她们都陆陆续续回来了,直到现在,我仍没在森城的工地上,见过乔艾艾的身影。

在我的工人资料库内,有这样的记录:

参建火神山、雷神山医院的工人有蒋玉成夫妻和保利中荷项目的项目经理方成云。方成云还成了我们区里的最美逆行者,因此而出名。

而乔艾艾到底去哪儿了,她和邬先生都还好吗?我问过很多工人,他们都说不知道,甚至她带的抹灰班,也像蒸发了般,都没见着人,或许是彻底散伙了。我也发过微信问乔艾艾,她一直没回,而我,竟没有勇气打通她的电话。

杜甫写,安得广厦千万间。如今,广厦何止千万间,有谁住在广厦,会想到这些生活在高处的建筑女工呢?如果不是因为工作,我也不会了解她们。

不,是我们。

我是她们中的一员。我的笔,无法写尽所有建筑女工的故事。鲁迅先生说,他的写作,意在揭出病苦,引起疗救者的注意。沈从文先生说,他想建一所希腊的小庙,这庙里供奉的是人性。我是在揭出病苦,还是供奉人性?或者,我只是想记录下这些坚硬地活在建筑工地上的姐妹,为她们的存在做证。

单身母亲日记

阿依努尔·吐马尔别克

2021年7月10日

柯慕孜搭乘的航班还有一个小时落地，我忙着做最后的清理，把柜子里乱七八糟的文件整理好，收在一个文件袋里。在一沓夹杂着电费单、银行对账单和租房合同的文件里，我看到了离婚证和离婚协议书。离婚协议书对折两次，夹在暗红色的离婚证书里，我打开来潦草地翻看了一下，离婚证照片上的我面容枯槁、骨瘦如柴，而那张离婚协议上抚养费的那一栏里，写着父亲每月支付六百元抚养费，底下则是我和柯慕孜父亲的签名。我有点恍惚，随后把离婚证和协议随手塞进文件袋里，开始马不停蹄地继续清理房间。

没有时间伤春悲秋，我必须在半个小时内打扫好房间出门，去机场接柯慕孜和母亲。接柯慕孜来北京生活这件事，我已经盼望了两年。

柯慕孜出生后，我和她住在我父母家里。产假结束后，我把柯慕孜留在父母家里，独自回到北京。当时我的想法是和柯慕孜的父亲好好谈谈，希望他能因为女儿有所改变，等北京的生活稳定下来，立刻把柯慕孜接来。但几个月过去了，生活没有安稳下来，她的父亲也没有改变，甚至变本加厉。想到小小的柯慕孜正在几千公里以外的地方一天天长大，等着我把她接回北京，我就心如刀绞。

那几个月，我常常哭着对柯慕孜的父亲说，我们得赶紧把柯慕孜接来呀，生活什么时候会改变呢？每当这种时候，柯慕孜父亲总是一边打手机游戏，一边毫不在乎地说，接来呀，现在就接来。但我每天都要朝九晚五地工作，我当时的收入也请不起保姆，我父母更没有办法来北京帮忙照顾柯慕孜。与此同时，柯慕孜父亲的收入连他自己都不够花。我很清楚，如果我放弃工作，那我和柯慕孜的生活将难以为继，我也没法照顾柯慕孜。

但这些问题显然不在柯慕孜父亲的考虑范围内。他一直告诉身边的同事朋友，是我执意不肯把孩子接来北京，一直逃避成为母亲的责任。他似乎不知道婴儿需要二十四小时事无巨细地被照料，还需要有稳定的生活资金。几重压力之下，我似乎有了抑郁的倾向，总是以泪洗面，每当这样的时候柯慕孜的父亲就会说，你这个神经病。

有一天，我在家里和柯慕孜视频，母亲抱着她，和我闲谈。我看到柯慕孜的父亲从手机游戏里抬起头，然后疏离有礼地打了个招呼，仿佛那是别人的岳母、别人的孩子。几年来，无论遇到了什么困难，我都想尽可能地保全婚姻，但那一刻，我好像醒了。

后来，我正式提出了离婚。我们结婚这几年里，我曾数次说出离婚，但出于种种原因，最终都没有实现。那天的场景加速了我们的离婚，经过几个月的拉锯战，他终于同意了。为了顺利离婚，我拟了离婚协议，把抚养费的一栏空出来，然后把电子版发给他，要求他酌情填写。

第二天他发回给我，我看到他在抚养费一栏里填了六百元。我有些吃惊，随即一笑，立刻签了字。

那天下午我们在海淀民政局领到了离婚证。我如释重负。

我当时算得上一切从头开始，经济状况和生活能力还很糟，心情也经历了很大波动，无法把柯慕孜接到身边。于是，我决定在柯慕孜三岁时把她接到身边，而在那之前完成工作、学习计划，最好再存一些钱。

母亲说："什么都不要担心，我们会把柯慕孜照顾好。"我知道母亲的意思是他们甚至可以照顾到柯慕孜成年。

但我自己清楚地知道，我必须在柯慕孜三岁的时候把她接来北京，如果错过了这个时机，可能就错过了和柯慕孜亲近起来的机会，然后遗憾终生。

柯慕孜和母亲还有半个小时落地，我打车来到机场，独自等候她们。夏天的夜晚有些凉意，我在大厅的椅子上发呆，我很孤独，也有些彷徨。如果没有离婚，现在站在这里等待的应该是两个人。但我知道自己没有时间忧伤，从柯慕孜下飞机这一刻开始，我必须把育儿的责任接过来。等妈妈帮我们过渡一段时间，我就要独自照顾柯慕孜了。不知道我能不能完成这项任务。

凌晨十二点,母亲和柯慕孜出现在大厅尽头。母亲推着机场的行李车,车上码了两个行李箱和一个鼓鼓囊囊的手提袋。柯慕孜坐在行李箱上,小丸子一样的发型,穿着粉色卫衣和可爱的阔腿牛仔裤,背着小狗图案的书包。想到她那么小,眼睛里满是童真可爱,已经要跨越几千公里,开始全新的生活,我的眼眶微微湿润起来。

柯慕孜从行李车上跳下来,冲过来,紧紧抱着我。我告诉自己,不要哭。

2021年7月18日

母亲说要将柯慕孜带回老家,八月底幼儿园开学前再送回北京。但我早就决定让柯慕孜留下来。"妈妈,我能照顾好柯慕孜。我会尽力的。我们死不了。"妈妈被我的坚决说服了。今天我和柯慕孜送母亲去北京西站,她一步三回头地上了火车。母亲说她会在八月底飞回北京住一段时间,陪柯慕孜适应幼儿园的环境。这意味着我将要和柯慕孜度过一个多月只有彼此相伴的生活。

全新的生活。无论如何,我会尽我所能照顾好柯慕孜。其实我心里也没有底,但我别无选择,只有默默祈祷。如果生活有什么甜蜜和苦涩,那我们应该一起分担。

送母亲进站后,我决定带着柯慕孜坐地铁回家。从北京西站到我家要换乘两次,一个半小时的车程。我决定把这次地铁之旅当成我和柯慕孜的相处试验,看看彼此的极限在哪里。对于已经三岁两个月的柯慕孜,我还需要一段时间来完全熟悉,而柯慕孜也需要适应新的生活。

我和柯慕孜顺利在家附近的地铁站出站。今天下了雨,蜗牛们集体出动,柯慕孜出站后马上发现了它们。她和每一只蜗牛谈心,用她所熟悉的家庭成员名称称呼它们。那段原本只需十分钟的路,我们走了快一个小时。一早起床送站的我精疲力竭,强打精神陪着柯慕孜,她却精神抖擞,丝毫没有倦意。这是我照顾幼儿的初体验,那一刻,我完全被柯慕孜的童真可爱打动,也对未来的生活有些忐忑。

今年七月就是我设想中柯慕孜回到北京的时间。

为了这个计划，我已经筹备了整整两年。这期盼已久的团聚，总算实现了。

2021年7月24日

妈妈回去一周了。今天我决定带柯慕孜出门走走，于是搭车去了罗红摄影艺术馆。天气很热，柯慕孜躺在我的腿上睡着了。我暗自后悔，觉得选错了出门时间。对于照顾孩子的每一件小事，我都在从头开始学习。每当遇到突发状况，我都感到自己的无能和无知。还好，到了艺术馆门口，柯慕孜醒了。

我和柯慕孜在展馆里四处观看，我帮她拍照，和她交谈，还把照片发给爸爸妈妈。我花费很多时间陪柯慕孜说话，回应她所有的问题。她很爱说话，也很开朗。我很感谢她能很快适应北京的生活，能够对着刚刚重逢的妈妈还有说不完的话。

我们在罗红拍摄的那些狮子、企鹅、天鹅、长颈鹿边久久徘徊，那些肯尼亚、纳米比亚、南极的辽阔风景让我十分触动。罗红是1967年生人，在纳米比亚的原始部落肆意跳舞的他似乎有着无穷的精力。

我在他的作品里感受到巨大的生命能量。

然而与此同时,我感觉到极度的孤独和无助。我意识到在北京这样的大型都市,我和柯慕孜除了彼此,称得上举目无亲。实际上,又何止是北京,整个世界上,除了我们彼此,还有什么人是与我们紧密相连的呢?过去我在北京的生活算得上肆意洒脱,但今天,我却陷入一种无法自拔的自哀自怜里。

而这种感觉,我根本不知道该跟谁分享。我不希望我的父母和妹妹为我们担心,而身边的朋友各有难题,我不愿再向他们倾倒坏情绪。我只能收拾心情,不让柯慕孜察觉。

2021年7月25日

为了照顾柯慕孜,我休完了所有的假,希望能够过渡到她顺利进入幼儿园。柯慕孜的作息还停留在新疆时间,这两个小时的时差让我们都有些苦恼。早上还好,不坐班的日子我会陪她睡到自然醒。中午和晚上则变得非常艰难。她三点到五点午休,夜里一两点才入睡,战线拉得很长,我常常哈欠连天。她睡前总是不肯关掉电视。由于我们刚刚团聚，我不敢粗暴地关掉电视，害怕她会抗拒住在北京，只能柔声细语地和她商量。

做饭的时候，她会希望我放下手中的刀具，陪她在客厅玩。这导致我常常无法按时做饭。还好，她每天会喝三次各三百毫升的牛奶，吃饭少一些我也不至于担心。等她入睡之后，我常常已经没有力气做饭了，只好吃一些简餐。但这种感觉更让我沮丧，我会觉得自己太过无能。

前些天，我总是带着柯慕孜去超市买菜。她希望买一些玩具或者零食，或者好奇地四处张望。这样一来，买菜的时间就变得很长，我也很疲倦。于是我开始在美团买菜上订菜，每天醒来第一件事就是在软件上选购蛋奶和蔬菜水果，二十分钟后菜就会送到。

我希望柯慕孜能感受到家庭氛围，无论她吃多少，我都要保证餐桌上有丰盛的食物。而接连几天无法按时做饭让我沮丧不已。这几天，我已经学会了在她没起床之前把肉和菜洗净切好，并把电饭煲调好时间，等到快中午时用二十分钟时间炒菜。这样我们很快就可以吃饭。

下午六点我会带着柯慕孜绕开超市去进行一些户外运动,有时骑单车,有时玩滑板。直到八点左右回家,看电视和洗澡,再做入睡准备。

时间一天天过去。

六月柯慕孜还没来北京,我还是一个"咖啡馆女孩",每个周末都和朋友混迹在三里屯、798、美术馆大街这样的地方,参加各种文艺活动,和朋友喝咖啡、抽水烟,过着所谓的都市生活。

这个月,我已经变成了家庭妇女,每天深居简出。好友Frida最接受不了我的这种变化。在没有意识到我确确实实是一个三岁孩子的母亲前,她一直认为我和她一样是个单身女孩。等柯慕孜来了北京和我一起生活,Frida始终不肯来看我们。"你怎么会是一个妈妈。"——明明这两年来,在我担心无法准时将柯慕孜接回北京时,定期安慰我给予我精神能量的也是她。

无论如何,柯慕孜的到来彻彻底底地改变了我的生活。但我对现在的生活非常满意,因为从我生下柯慕孜起,我最大的心愿就是和柯慕孜在北京团聚。

2021年8月1日

柯慕孜睡着了。今天我在书架上翻到一个笔记本,是我2018年的日记。那时候我还在新疆待产,憔悴、无助、自我封闭,每天顶着惶惑不安的心情自我催眠。我担心长期的情绪低落会对胎儿产生负面影响,总是写很多自己的心情,希望情绪得到纾解。

2017年8月,我发现自己怀孕了。那时候我骨瘦如柴,忧心忡忡。婚姻生活与我的想象完全不同,我几乎从刚结婚就意识到这段婚姻错了。可知道了自己要成为妈妈,我还是觉得很快乐。我告诉柯慕孜的父亲这个消息,他也非常高兴,不停地承诺要当一个好父亲。

两个月后,柯慕孜的父亲得到出国交换的机会,匆匆出国。我独自留在北京。他似乎忘记了我已经怀孕,对我横加指责,然后迫不及待地奔向新的前程。

先兆流产引发的出血让我每天都提心吊胆、夜不能寐,到了孕后期,我请病假回了新疆的家,让母亲照顾和陪伴我。在那期间,柯慕孜的父亲总是在电话里因为各种琐事和我吵架——他认为我应该在他母亲的家里待产。但他已经出国学习，他的母亲年逾七十，独自居住，还曾脑梗，身体状况并不好，根本无法照顾我。我很害怕在怀孕期间遇到各种各样的突发问题，所以再三跟他商量，还是希望住在自己家里。因为这件事，我们吵了无数次。

2018年1月，他回国了，待了两天就又在我父母家里大闹一场，拿着刀冲向我。父亲一直护着我，生怕我受伤。还好他有些害怕父亲，所以没有做出更过激的行为。那天深夜，他离开了我父母家，删除了我们所有人的微信，从此失去消息。我感到无颜面对父母，但也如释重负，生活终于平静了。我相信我父母也是这样想的。

那时我开始担心不能顺利把孩子带回北京一起生活，不知道我在北京的工作收入能不能负担我和孩子两个人，也不知道我和孩子父亲的关系究竟会走向何方。所有的一切似乎都要等到孩子降生之后再做打算，但这些担忧让我无法安心待产。我萌生孩子出生后就和柯慕孜的父亲离婚，然后搬回新疆生活的念头。

我一边待产，一边查阅离婚的相关资料。我还看了父母家附近的楼盘，打算购置一套房产安家。对未来的不确定让我寝食难安，怀孕八个月的时候，我坚持着参加了地方公务员考试，并在公务员考试中考取了笔试第一名。总之，我一直在做一些现在看来未免荒唐，但当时也算孤注一掷的尝试。但是我割舍不下在北京辛苦打拼几年的事业，加上柯慕孜出生后，我开始犹豫是否要让刚刚出生的孩子面对父母离婚的处境，所以最终没有参加面试，而是选择先把柯慕孜留在新疆，自己回北京想办法调动工作岗位。我希望调到考勤相对灵活的编辑岗，再把柯慕孜接回北京。

我在灯下翻开日记，里面有很多自言自语，还有一些散文写作的片段，不能算是不得要领，也有妙手偶得，但完全看得出当时的惶惑和不安。那时候的我真是贫穷、脆弱、孤单又神经质。

每一篇日记的最后，我都会鼓励自己：你一定会成为强大、美丽、自信、富有的女人，会成为一个好妈妈。我还写下自己想要成为一个很好的作家。翻看着日记，我想，真是暗淡无光的二十六岁。

日记的最后，我看到柯慕孜的父亲用哈萨克文写了一首诗，那是一首风轻云淡的情诗。我有点吃惊，原来他看过这本如今看来算得上血泪交织的日记。但从那首诗漫不经心的笔调，我完全猜得出他的反应，想得起他那种轻蔑与讥诮的冷笑。

我记得他最终同意离婚那天，我们一起去民政局。换取离婚证前会有一位女性工作人员谈话。她接过我们的资料，温和地说，你们想好了吗？孩子还比较小，如果你们需要，我们这里有免费的婚姻咨询，我很希望你们可以慎重考虑。

我抬起头看着她，已经很久没有人那样温和关切地和我说话了。我忍着眼泪说谢谢，我们已经考虑好了。她又温柔地劝了几句，我依然拒绝了她。

柯慕孜的父亲用下巴指了指我，对工作人员说，你让她去做那个咨询吧，她有病。工作人员立刻停止了劝说，利落地收起资料交还给我们，对着门外说，下一位。

我们走进离婚登记室，大概十分钟就换好了离婚证。我几乎不敢相信，长达四年的煎熬和冷暴力，在十分钟里就宣告结束。拿到离婚证，我感觉自己底气都足了几分。柯慕孜的父亲感慨地说，其实我们一起度过了多少幸福时光呀。我说，不好意思，我从不觉得幸福。他有些吃惊，但背上包就搭车离开了。

我站在民政局门口，感到有些恍惚，仿佛在长达数年的暗夜之后突然看见了一丝亮光。我发信息告诉妈妈，办好了。我不知道妈妈会是什么心情，但总比过去要好吧。想了想，在北京这份心情也不知道该跟谁分享，就坐地铁回去工作了。

那天下班后，我回到家里，准备按照协议约定回家收拾东西搬走。当时我和柯慕孜父亲住的是单位分配的人才保障房，离婚前柯慕孜的父亲认为自己失去了太多，不肯签离婚协议，于是我告诉他我会搬出去，他可以一直在人才保障房住到柯慕孜来北京。柯慕孜的抚养权归我，所以柯慕孜来北京后，我搬回人才保障房和柯慕孜一起生活。涉及柯慕孜在北京的求学和生活，他同意了我的提议，而我也同意了六百元的抚养费金额，时间宝贵，我不能再耗下去，必须早做打算。

柯慕孜的父亲答应我这天不会回家，留给我一些整理的时间。那段时间生活的波动太多了，收到一半，我累得睡了过去。恍惚间醒来，看到他发了很多挽留的短信，我不知如何回复，就又锁屏睡去。一个小时后，我醒来发现他发来了很多诅咒的短信，大骂我是贱人。好在我习以为常，并不会因此影响睡眠。第二天一早，我接着收拾，赶在柯慕孜的父亲回家前，正式搬离这个地方。

三年了，我好像尘封了所有不堪的回忆，开始了新的人生。但有整整两年，我不敢关灯睡觉，也无法相信任何人。在暂住的小区散步的时候，我担心柯慕孜的父亲突然出现。他那种狂热邪行的眼神时时浮现在眼前，让我悚然一惊。我没有告诉任何人我的居住地，害怕朋友们在无意间泄露。那段时间，我从不在家里同柯慕孜打电话或者通视频，我害怕她发现我没有住在原来的家里。到了办公室，我才会给柯慕孜打视频，看看她的变化，听她牙牙学语的声音。

有一天，姑姑发来视频。柯慕孜穿着一身可爱的粉色连体服，站在客厅的地毯上，姑姑蹲在她面前向她伸出手，一直鼓励着她。柯慕孜圆滚滚的小身体很努力地向前用力，两只手试探地伸向前方，终于颤颤巍巍地迈出了人生的第一步。我在办公室哭了很久。这样重要的时刻，我竟然不在场。

那段时间生活很平静，但我觉得自己认知系统紊乱，对安全和幸福的衡量标准出了问题。我经常一直到中午都无法起床，柯慕孜的父亲拿着刀捅向我的场景常常浮现在眼前。我会突然陷入抑郁的情绪，不想出门，不想和任何人说话，会在点一杯咖啡和存一些钱之间犹豫。还好，那时爸爸妈妈承担了柯慕孜的生活费用。

到底是哪里出了问题。是不是我的懦弱和畏缩让他变本加厉？也许原本可以有更好的处理方式？在我最初的记忆里，他是一个那么善良、温厚的男生。究竟为什么事情变成了这样？

我只跟几位相熟的朋友分享过这些事，我希望大家觉得我正常、可以信赖，我也担心大家把我当成一个婚姻失败的疯女人。

一位朋友发现了我的警惕和不安，说，你可以告诉我们你的心事。跟朋友们，你应该松弛一点，你知道我们不是想冒犯你。不要对所有人都是一种标准。我很感动，也意识到自己需要调整，要回归到正常生活。我花费了很多时间调整自己的心情，写了很多日记来整理思绪。我逐渐建立了属于自己的安全领域,拥有了值得信赖的朋友。我好像在慢慢恢复正常。我得快一点,柯慕孜还在等着我。

在那个日记本里,我看到自己曾经摘录的一句话:你不必为自己的创伤负责,但你有责任治愈创伤。三年了,我跨越了许多,我为自己骄傲。但如果没有跟一个错误的人结婚,我原本不需要承受这些。

2021年8月10日

因为担心柯慕孜坠床,我们一直在客厅的地毯上铺床睡觉。最近我意识到游乐区和休息区的重合让柯慕孜的作息无法规律。而且现在我已经有信心在夜里保持一定的警醒,保护好她。昨天我们搬回了卧室,这小小的变化让我欣喜非常,我觉得我正在逐渐习得怎样成为一位母亲。

然而,今天又发生了一件让我非常懊恼的事情。白天我带柯慕孜又去办公室工作,到了下午两点,柯慕孜想要回家。于是我背着包,拎着同事朋友送给柯慕孜的礼物,牵着柯慕孜去搭地铁。柯慕孜在地铁上睡着了，我只好抱起柯慕孜，拎着东西下车。搭乘电梯来到出站厅，我调整了一下手中的物品，又走了大概二十米，准备出站。原本沉睡的柯慕孜突然说，妈妈，你的包！我回过头去看，我的手提袋忘在了地板上。我只好抱着柯慕孜回头去拿。这一来一回让我非常狼狈，看着已经再次入睡的柯慕孜，又觉得心疼不已。

回到家，我把熟睡的柯慕孜安置在床上，呆坐了很久。抱着柯慕孜的手臂酸痛，失落的手提袋却让我感到羞耻。如果我能够提前考虑到柯慕孜的午休习惯和我们的出行时间，或者归置好我们的个人物品，这样的情况就不会出现。柯慕孜下意识的反应让我很受震撼，小小的她竟然能注意到我们遗落的物品，这让我欣慰又难过。

我非常不喜欢在生活选择中过分感性，那只会显得懦弱。我收起情绪，在淘宝上下单了一个容量很大的妈妈包，把我的那些坤包都收在柜子里。

朋友们问我为什么不让妈妈来帮忙照顾柯慕孜。她们可能觉得我一边工作一边照顾孩子，太辛苦了。

爸爸还有几年才退休，如果妈妈来北京，爸爸就得独自在新疆的家生活。我希望父母能在一起生活，不要为了柯慕孜和我牺牲自己的人生。我宁愿自己辛苦一些，也不愿意所有的家庭成员都围绕着柯慕孜转。

人生短暂，每一天都应该有滋有味地度过。

2021年8月12日

我意识到总是带着柯慕孜去办公室工作不是长远之计，必须想个办法。这段时间我们办公室来了很多实习生，我请其中一位女生为我介绍一位兼职照顾小朋友的大学生。结果当天就找到了。我答应为她支付每天一百五十元的薪资。她需要一周工作两天，提前一天来家里住，早上我早起去上班，她要照顾柯慕孜到我下班回来。这个女生非常勤劳，又会陪柯慕孜玩游戏，柯慕孜也非常喜欢她。一个难题竟这样解决了。

这段时间我喝咖啡喝得很多，夜里也喝。一整天都跟幼儿相处，对于成年人来说是极大的消耗。我不希望我和柯慕孜的生活杂乱无章，所以总是在打扫家里的卫生。常常我刚刚收拾好，柯慕孜就推着收纳箱哗啦啦地把玩具倒在地毯上。这样一来，我腰酸背痛，但几乎没有效果。

有时她会希望我陪她玩游戏。她最经常玩扮演消防员游戏——她驾驶汽车，我坐在副驾驶陪她去救火。她已经形成了属于自己的空间概念，我却总是无法准确找到她预设的副驾驶位置，这常常让她非常恼火。一旦开始这个游戏，我需要陪她玩一到两个小时，直到她决定休息一会儿，看看电视。

这段时间，厨房总是擦了又脏，洗衣机总是每天转，厕所也要时时擦洗。客厅的地毯上堆满了玩具，有时柯慕孜会随手把奶瓶放在地毯上，等我发现，奶渍已经弄脏了地毯，发出难闻的气味。擦洗和打扫耗费了我很多精力。

柯慕孜非常抗拒洗澡，独自为她洗澡是一件艰难的事情。但当她洗完澡，顶着湿漉漉的头发跑出浴室，躺在铺好的浴巾上，露出漂亮的笑脸时，我又觉得一切都很值得。

我想起我小时候，妈妈总是在我们入睡后在厨房走来走去，弄弄这儿，弄弄那儿。现在我也成了这样的母亲，这让我疲累，也让我觉得踏实。

但到她睡着之后，我会在餐桌前呆坐许久，用一两个小时来平复自己。生活中多了柯慕孜，以及由此衍生的一系列家庭劳动，我也需要时间来适应。我不希望把自己的负面情绪展现在白天和柯慕孜的相处中。

这段时间，身边的朋友给了我极大的精神能量，无论她们是否已经生育，总是对我照顾孩子的劳累表现出极大的共情。这让我十分感动。

2021年8月13日

今年十月我将要参加编辑资格考试，如果顺利通过，不仅工作上会有诸多便利，而且明年开始我和柯慕孜就会拥有完整的国庆假期。考试的日子越来越近了，但因为照料柯慕孜，我根本没有复习的时间，只能把希望寄托在她入园以后。

早在三月，我已经骑着单车去看了周围四五家幼儿园，有了初步的意向。六月，我通过朝阳区教委的网站给柯慕孜报了名。我的同事说，早几年她们为女儿报名幼儿园时,还需要半夜在幼儿园门前排队,抢占名额。如果没能抢到公立幼儿园的名额,就要去上价格高昂的私立幼儿园或者教学质量令人担忧的民办园。

我听了连连咋舌,还好现在情况有所好转,只需要在网站上进行筛选和报名,等待最终录取即可。7月12日,我登录网站,发现柯慕孜已经被我们心仪的那家幼儿园录取。那家幼儿园环境不错,小班教学,学校规模也较小,最重要的是离家近。

今天,北京市教委正式发布通知,中小学、高校会按时开学。我由此推断幼儿园也将按时开学,这也让我松了一口气。但与此同时,柯慕孜的幼儿园也发了通知,即使按时开学,第一周也将是半日学制,第二周才开始全天上课。这多出来的半周育儿时间,让我的复习时间又被压缩了。

等柯慕孜上了幼儿园……这句话我已经说了近两年。在她念幼儿园时将她接到身边,是我最重要的计划。现在看着录取结果,我长长地舒了一口气。未来三年的生活因为柯慕孜的录取有了基本的方向。

傍晚,我陪柯慕孜在楼下骑单车,碰到一位邻居。邻居的儿子也即将入园,她很希望只上半天,这样孩子能有个适应期。她还担心儿子不能适应幼儿园的饮食。而我觉得柯慕孜直接上全天也没有问题,至于饮食我觉得完全可以克服。

夜里,我却开始反思自己。童年时,母亲就对我们极其严苛,我们也早已习惯了这样的严格要求。从小到大,我和妹妹没有昵称,母亲总是对我们像成年人一样直呼姓名。父亲倒是常常亲吻我们的额头和手背,这曾是我童年的重要记忆。

和柯慕孜住在一起以后,我很希望她能比我这一代家庭成员柔软,所以我总是随时随地对她说"我爱你",而她也会甜蜜地回应我。这一声一声的"我爱你"给了我一种极大安慰,我们已经改变了一些家庭习惯。然而我还是能够感觉到上一代的家庭教育在我身上打下的烙印,比如我也会认为没有做不到的事情,只有不去努力的人。哪怕对年仅三岁的柯慕孜,我也常常这样要求。

看到那位对儿子入园感到忧心的母亲,我反思自己,是不是应该更加柔软细腻一些呢?若干年以后,当柯慕孜长大成人时,她会怎样对待我和身边的人,也许就取决于我现在怎样抚养她。而这个课题,我目前正在学习,并且需要多年以后才会知道答案。

2021年8月17日

这两天柯慕孜一直咳嗽,我的嗓子也开始疼。我很担心她会发烧。如果她发烧,吃苦受罪不说,照料陪护也将是一个难题。现在的家庭情况,根本不允许我们生病。

我在网上买了头孢和阿莫西林,把她常用的退烧药和感冒药也找出来放在厨房的台面上,并盯着她多喝水。每隔两个小时,就用额温枪测量体温。过了一会儿,我又担心额温枪测温不准,找出了水银体温计。第一次独自应对柯慕孜生病的情况,我十分紧张。

柯慕孜睡后,我一直睡不踏实,看护她直到天亮。还好,她没有发烧,咳嗽也好转了。这时我才发现自己的嗓子也好转了,因为照顾柯慕孜,我总是无意识地一起喝水,正好缓解了我的症状。

2021年8月22日

　　我发现我已经在很短的时间里就成为一个合格的厨娘。柯慕孜来北京一个月了，我摸清了她的口味，并且能做出那些地道的新疆美食。其实一直到前年，我都不太会做饭，也不太会持家。常年的住宿生活锻炼了我独立生活的精神，但也剥夺了我的部分生活能力。

　　在婚姻生活里，不太会做饭和持家成了我最大的罪过。当时的生活比较动荡，我们经常搬家。工作也刚刚起步，我三年内在四个部门轮转，忙于适应北京的工作节奏。我疲于奔命，虽然勉力学习，但还是没能及时补上这一课。这也使得柯慕孜的父亲总是有理由指责我、批评我，他认为我们的婚姻不够稳固，全是因为我不善于持家。他和许多朋友长辈抱怨我不会持家，不会做饭，不是理想中的妻子。无论我们之间发生什么矛盾，只要他摆出这一条，我就败下阵来。他甚至说我一无是处，是个书呆子，我的母亲没有教导好我。这也影响了家人和朋友们对我的看法。

柯慕孜来北京之前，家人最担心的就是她来了北京会挨饿。

柯慕孜出生以后，我开始有意识地培养自己的生活能力。在新疆休产假时，我跟着妈妈学会了和面、发面和炒菜。回到北京后，想到照顾婴儿需要加倍细心和努力，我就照着网上的食谱一道道地练习烹饪方法。没多久，生活发生了变化，我和柯慕孜的父亲离了婚，我自顾不暇，学习做饭的计划自然也搁浅了。

大概几个月后，我的生活状况好转，就又开始学习。我没有把烹饪当成乐趣，而是当成未来生活计划的一部分，像对待工作一样一丝不苟地学习。那时候，我过着极为简单、朴素、封闭的生活，家人也不知道我在做这种无厘头的烹饪试验。

我想知道自己做饭的水平有没有长进，也很想和朋友分享自己的进步，有几位朋友吃过我做的抓饭、馄饨或者英式早餐。她们都对我的厨艺大加肯定，但我还是不够自信。每次做饭时，我总觉得背后笼罩着一团阴影，仿佛他还站在我身后，批评我、指责我。我没有办法享受下厨的乐趣。

柯慕孜来北京后,我迎来了"阿氏饭堂"的第一位固定顾客。一开始固然手忙脚乱,但两三周后,我发现我是个不错的家庭主妇,能够统筹好冰箱里的一切,也能在比较快的时间里做好可口的饭菜。最重要的是,我有一位永远赞美我的食客——柯慕孜。

念大学的时候,母亲看到我吊儿郎当的样子,总说"我真是很担心你不是持家的料",又或者说"我真担心你以后被婆家送回来"(果然一语成谶,哈哈)。对母亲那一代人来说,培养一个持家有道的女儿,让她成为一个合格的妻子,是身为母亲的重要责任。但当时的我根本没有兴趣成为家庭主妇,轻视各种家庭劳务,觉得它们毫无价值。父亲安慰我说,别担心,对于一个擅长学习的人来说,这些家庭劳务都很简单,到了时间你自然就会习得。我也就心安理得地懒散下去。

柯慕孜的出生改变了我。我如果不会做饭,柯慕孜就得挨饿,我果然如父亲所说,在某个时间节点自觉自愿地习得了这些技能。新疆的家人看到我游刃有余地照顾柯慕孜,做出各种颇为费事儿的美食,都很吃惊。面对家人们的惊讶反应,我很骄傲地回复:

当然啦，这有什么难的。其实我很清楚，为了补上这一课，自己究竟付出了多少努力。

我很开心，不仅柯慕孜不用挨饿了，我也终于能在北京吃到家乡的味道了。

2021年8月31日

今天我们领回了幼儿园的制服和被褥，我为柯慕孜穿上制服，背上书包，为她拍照，并发送给亲朋好友。

我少小离家，多年来在外求学，性格也颇为冷硬，很少和亲戚们有紧密的联系。柯慕孜住在新疆的三年，我的亲人都对她爱护有加。柯慕孜来北京以后，他们常常联系我询问柯慕孜的近况。所以我也常常把她的照片发给大家。

从母亲回新疆到今天，整整过去了四十天。真不知道这四十天是怎么熬过来的。其中有几天，小阿姨帮助我照顾柯慕孜，但我毕竟还要做饭、打扫，并没有轻松多少。我深感责任在肩，只是咬牙坚持。

亲友们陆续回复祝福。看着微信页面上的信息，我的内心盈满了感动。如果不是因为柯慕孜，我大概不会和大家有这样紧密的联系吧。几年前，我还常常感到我和世界的联系细若游丝，对很多事情都无法共情，总是游离在世界之外。现在，通过柯慕孜，我突然和世界产生了紧密的联系。通过每天洗厕所和倒垃圾这样琐碎的家务，我觉得自己成了更加成熟的人。

....

晶 晶

桑格格

1

我住到杭州的村里之后,认识了一个叫晶晶的女孩。几年前,她刚从美院陶艺系研究生毕业,高高瘦瘦的,腿极长,肩平平宽宽的,五官清秀。熟了以后,她把一件穿不得的衣服给我,说肩窄了,我一穿,正好!衣服好好看,我开心死了。她脸上皮肤很白,但总有失水的感觉,嘴唇也干干的,又不爱说话,显得更瘦了。但她绝不孱弱,站在那里,有种说不出的力量感。第一次见面,因为我学过几天陶艺,又怕冷场,就和她主动聊天,什么陶土、釉料、温度什么的,这样一来,她的话果然就多了。我每问一个问题,她都会老老实实给出她所知道的一切答案,具体细微。但是说完她又恢复沉默,微笑着坐着。如果话题不在陶艺上了,她就一直安静陪着大家坐到最后。那是我们相识的最初。后来我们真的熟起来,可以不必依靠谈论陶土了,我们发现了彼此都是害怕"大人",害怕煞有介事的人。有一次,晶晶来,我正在画我那本手抄手画的小诗集——其实我何尝不知道我的画和诗幼稚呢,晶晶是美术学院的高才生,我居然一点也不忌讳,热烈给她展示我画的"卖草莓的人"和"耍猴的人",晶晶看了大笑说好可爱啊。她还给我看了一个帖子,那帖子里都是敦煌壁画里的画工随手涂鸦的小画,说:你们是一派的!我就更加大大得意了。我是狡黠的,知道人家不取笑我,就越发得意,越发大胆。她翻看我的诗,看得那么认真,我问她:你不觉得这诗很幼稚吗?她点头:觉得。然后她又说:但是我觉得这些诗好像能走进我心里。我却不知道说什么好了,刚才那么上蹿下跳的,人家真的一夸,就脸红了,不知道说什么好。从那以后,我们就真的熟了。

2

晶晶打麻将是我教会的,但是教会以后,我就后悔了。我忘记她是个学霸,智商奇高这件事。她不敢和大家的牌,最后不得不自摸清一色。打个麻将,她一直说对不起,对不起,对不起……我好像又自摸了。大家内心都有点崩溃的。在老展教会我麻将之后,真的也只有晶晶这枚硕果可以给她老人家做回报了。

但是晶晶不怎么玩的。不仅是麻将,她没什么别的爱好,住在杭州这样的地方,也不游个山玩个水,啥也不,一天就在她那个工作室里待着干活。作为一个成都人,我不大理解。但是叫她呢,她人很客气,又会来,穿着工作鞋,带着一身还没有洗干净的泥点子站在门口:格格我来啦。据说有一次,她站在水池边洗配料桶,一个打扫的阿姨看了她半天,说妹子,你也是做保洁的啊。

我在淘宝上找到好看的衣服,发链接给她,她笑眯眯回一句:我没机会穿。

她第一次喝我的茶，是一个冬天的夜里吧。她那张粉白的脸瞬间涨红了，我问她怎么了，她说格格，这个茶真好喝。我不是爱得意吗？她这么一夸，我就使出了浑身解数，往最好的茶里整。她的脸越喝越红，依然不怎么说话，好像憋了一肚子话，还是那句：真好喝，格格。还有吗，格格。她那有点失水的脸蛋，变得水色莹润了……最后，她有点不好意思地说：格格，别说茶，我喝水都没够。

关于她究竟能喝多少水才够，到现在，我也不知道。

3

晶晶现在不戴眼镜，但是她小时候是个小眼镜。好像眼睛有点啥问题（好在现在好了），得配厚厚的镜片，儿童眼镜架子都装不下。她妈妈给眼镜腿拴一条绳子，她就那么戴着。晚上睡觉也不摘，因此折断了腿。我问她为啥不摘，她想了想说，我好像不知道可以摘，我以为得一直戴着呢。后来我妈说可以摘，我就摘了睡，眼镜腿就没事了。

我隐隐觉得,晶晶的那种失水,可能和性格里一直有"不知道可以摘就一直戴着"的东西有关。不是觉得,就是有。有一次,唉,她和男友吵架。她男友告诉我,快去劝劝晶晶,她要砸作品。我屁股着了火一样,急忙赶过去。砸了的东西,不知道扫哪里去了,一屋子的打包纸箱,她红肿着眼,唰唰用大号胶带封口,一言不发。她是大连人,她说要回家。她那毕业作品,得了很多奖的,金奖银奖铜奖,省优部优国优啊。我心疼得直跳脚。你说说,你说说,你送我多好啊!砸了干吗啊!

她直起身来,这个时候,我在恍惚中觉得,哟,晶晶真高身材真好。哭得跟泪人儿似的,还那么好看。她说:格格,谢谢你这么久以来对我的照顾,我也没给过你什么东西,因为我觉得现在我做得还不好,还配不上你的茶。我当时就恨不得剁了她男朋友张新宇。

幸好,没剁。两个人甜甜蜜蜜又和好了。然后结婚了。

4

不知道为什么,我对海边来的姑娘,都有一种说不清楚的感情。这估计和我小时候唱的一首歌有关,那首歌叫作《赶海的小姑娘》:赶海的小姑娘,光着小脚丫……接下去的歌词记不得了。那时候我就觉得我应该有一个小伙伴,在海边的,我现在还不认识她,但是我很想念她。她天天提着篮子去海边……她会送我很多好看的贝壳。最早,我觉得这个小姑娘是小变态,她是湛江人。有一次我丢了五百元钱,小变态听说了立即赶来抱住我安慰我,说格格你不要去死啊。我很爱小变态的,她现在也很厉害,也是个手艺人,英国啥啥艺术学院毕业,专攻绣花。

第二个来自海边的小伙伴,就是晶晶了。我问她在海边捡过贝壳吗?她说捡过啊。我继续问:那你坐过大轮船吗?她笑得有点不好意思:格格,我爸爸是大轮船的船长。我立刻晕了过去。等我醒过来(这是夸张手法),问:是很大很大的轮船吗?她说:很大很大的轮船,上百吨。(我有点记不清到底是上百吨还是上千吨了,反正很大。)可以去世界各地的轮船。我说不出话,嗯了半天,问:那你上去过吗?她笑眯眯说:小时候去过一次,但是按照规定,是不能去的。

他的制服是蓝色的吗?对,天蓝色的。一年四季有点不同,但是都是天蓝色的。那你爸爸下次来,我可以和他合影吗?晶晶哈哈大笑:当然可以了!

5

晶晶的爸爸妈妈来了。但是让我震惊的不是她爸爸,当然啦,晶晶的爸爸又年轻又帅,跟晶晶一样,瘦高,皮肤白白的,眼睛细长。而且真的有着当船长的威严,虽然不说看不出来吧,但是一说,就看出来了!我都不敢直视她爸爸,真的,居然也问不出任何和大轮船有关的问题。人家的船长爸爸,就那一个劲地微笑着嗯、嗯回应大家(和晶晶一个样)。最后,我终于想出了一个问题:叔叔,你们船上的东西好吃吗?晶晶的船长爸爸哈哈一笑:嗯,也说不上多好吃吧,开始航行的时候会有一些新鲜蔬菜,后面就比较单调了。我:那你能吃得比别的船员好一些吗?

船长爸爸：在待遇配置上说来是可以的，但是我基本会和大家吃一样的。哈哈哈。

我满足了。

真正让我震惊的是晶晶的妈妈。其实晶晶在父母来之前，就给我打过招呼，说她是她们家最矮的人了，她姥姥，她妈妈，一个比一个高。但是，当晶晶的妈妈站在我面前的时候，我倒吸了一口凉气：阿、阿、阿姨，您真高啊！我从小生活在四川成都，没什么机会见到这么高的人，还是女性。

我想起了一句诗：啊，你向我大面积地走来！晶晶的妈妈，真的是一位高大华美的北方妇人啊。她衣着也华美，烫着精致的大波浪。送给我一盒高级的海参。她妈妈高大是高大，但极其优雅，说话吧，细声细气的：格格啊，老听我家晶晶念叨你，哎呀就说啊有个好朋友格格，多谢你照顾她啊。这个海参啊，是我们大连特产，你蒸鸡蛋羹吃啊！我被她妈妈的华美和优雅弄得有点眩晕，嗯嗯嗯，谢谢阿姨。我不会做。她妈妈：可简单了！让晶晶教你。晶晶站在她妈妈旁边，嘻嘻地笑着，像是小鸟儿似的，不过也要算只宽肩膀的小鸟儿。

6

说句不好意思的话,我和晶晶在一起的时候,我感觉自己比她小,那种上蹿下跳的感觉。晶晶是一个持重能担当的女孩子,我不知道这是她天生的,还是陶艺这个职业给她带来的。一个女孩子,从自己上山挖土开始,炼泥摔泥揉泥,拉坯修坯配釉,装窑素烧上釉本烧。没有一样可以省,没有一样可以急。这一行人,我这几年接触下来,大部分都有一个共同特点:慢,以及质朴。而最能打动我的,又是这群人中,更慢更质朴的人。老游已经慢和质朴到变态的地步,到不可能接近的地步了。而老游的作品,在我的经验中,也完全是神经质的。他的东西,我现在也无法解释,他更是不会解释,是怎么做到的。我和晶晶认识在两年前,为什么那时候,她既不送我东西,我也比较少提到她呢?因为那时候,老游是一个障碍,他的东西摆在那里,让我看不到晶晶的东西。说到这里,我多说一句关于喝茶和茶具的关系:目前兴起的喝茶方式是前所未有的,也就是十几年的事。所以针对这种新的品饮方式，茶具的实用性和口感要求也是全新的。陶艺家，以前主要在陶艺造型和质感表现上做研究，如果不做茶具就影响不大，如果做，这种新要求就是全新的挑战了。但因为喝茶人群中，总有不可避免的表面浮华存在，这让质朴的人是难以一下子接受的。所以，其实有一部分陶艺家排斥或者干脆不喝茶，喝，也是随意喝喝。普通人可以随意喝，做这个专业的人，问题就很大了。但是，茶具，尤其是壶和杯子，对于茶滋味的影响之大，我指天发誓：如果不存在，我出门撞死。哈哈，不死不死，我就是说着急了，不知道怎么让你们相信了。

7

晶晶也送过我东西。晶晶那时候也没开始喝茶，她做的茶具，其实也是从造型出发，不是从口感出发的。所以，我收下以后，总是客客气气地摆在架子上。晶晶是一个什么样的女孩子，她那么强的自尊心能不知道。她是宫二一样的人，我开玩笑叫她"陶艺届章子怡"不是开玩笑的。主要是……长得像！我有一天把一张章子怡照片给晶晶看,那角度很像,晶晶平日都害羞着急摆手:哪能跟人家比。那天,她凝视了一会儿那照片,细长的眼睛也冒出吃惊的光芒,不好意思起来:别说……还真有点像。然后又嘻嘻笑起来:不能跟人家比。

她这样一个心气高的女孩,看见自己的作品,被束之高阁,想来我都觉得有点对不住她。但是在茶方面,我撒谎我会死的。真的。我很认真的,把水给她灌饱了之后(因为她喝水没够),让她用不同的杯子不同的壶体会,体会体会味道的差别。要说呢,学霸就是学霸,她的聪明可不光在陶艺和自摸清一色上,也在味觉上。只是她以前没想到差别会这么大。她喝的时候,不停放下一个杯子,又不停拿起另一个杯子,仔细沉默着。那样子和要自摸了的表情,也差不多。

有一天,我路过她的工作室,她不在,可能出去打水了。门虚掩着,我进去,浏览了她摆在架子上的新作品,有烧好的,也有素坯。有变化了,我看在眼里。等了一会儿,她没来,我就走了。走之后,我发了个微信,告诉她:你进步了,晶晶。她秒回了一个开心蹦跳的小卡通猫。

张新宇同学,以前是晶晶的男朋友,现在荣升为先生了。写晶晶是绕不开张新宇这个活宝贝的。在正常排序中,新宇比我大,我比晶晶大;在实际排序中,晶晶比我大,我比新宇。新宇心理年龄,满打满算,十二岁不能再多了。又童真又调皮,晶晶真是操碎了心。谁让新宇是个大帅哥呢,我妈叫他"外国人"。新宇说,格格,你要多鼓励晶晶,她这个人很封闭的,她很听你的意见的,我的意见不听的呀。

一个心理年龄十二岁的人,给人提意见确实没啥威慑力。

8

突然想起前年的冬天了。前年的冬天,杭州特别冷,冷到零下十摄氏度,在南方,零下十摄氏度啊。大雪下了好几场,好多小区的水管子都冻炸了,挂着冰凌子,也算奇景。晶晶那个时候,居然还在做东西,其实根本不能做了,她说工作室有个暖气炉,勉强可以的。一双手冻得跟红萝卜似的,一场感冒没好，又接着一场重感冒。她现在身体都没有恢复过来，急得新宇说：格格，你去劝劝晶晶吧。对的，我对于新宇的存在，有时候像个求救热线。新宇是真心疼晶晶的，但是两个人太熟了，反而不如外人说话管用了。何况，我现在发自内心觉得，我不是晶晶的外人。

我住的地方有暖气，我说晶晶，你晚上带几个坏到我这里来修。晶晶拒绝过好几次，说不不不，做活很脏的，搞得到处都是泥。我说：别看我是处女座，真的，我没那么在意的，真的，家里也乱得跟什么似的。

劝了几次，她真的来了。晶晶这样的人，如果能接受去麻烦人家，比如"麻烦我"，对我而言那是一种莫大的亲近和信任。

那天下午，她扛着一箱子东西来了。那个重啊，真的，她的臂力惊人。估计和肩膀宽也有一点关系，作为一个美少女，肩挑手提，我没见第二个那么肯吃苦的。她把东西摆在桌子的一头，细心地在下面垫了塑料布。我放了杯热茶在她旁边，把台灯拿了过去，她很温柔地说：谢谢格格。为了显示我完全不受打扰,我自己在另一头看起书来。她慢慢地舒展了一下手臂,开始干起活来。

我假装不看她,但是我的目光根本不能离开她那双灵巧纤细的手,台灯照亮了那双手。

9

我和晶晶再一次加深友谊,不是关于精神探索,而是淘宝买东西。

"双十一"前夜。我去年还说才不赶什么"双十一"呢,今年就早早把购物车装满了。还问晶晶,你都买啥了?晶晶跳起来:格格,我要给你介绍一款洗衣液,可好用了!你快买吧!

我是敢在淘宝上买某一类茶具的,甚至一百多的粗紫砂壶都买。那个泥料,一般人看不上,但是透气性极强,而且那一款,虽说不是全手工,但是造型有独特之处,泡岩茶很有效果。我买了给晶晶看,她跷起大拇指夸我。有一次,我陪晶晶去宜兴买泥,顺便逛了一下紫砂城,哎呀我的妈,好贵。一样没买,唯一好处,就是知道购物车哪些壶可以下手了。老九总说我乱花钱，关于这一点，晶晶有发言权的。她说：格格可会买东西了，她一点都不冲动，人家货比三家，她货比三十多家。可不，逛淘宝，半天看个三十多家茶具店，一点难度没有。瞧，我的好晶晶，她懂我。

尤其是有晶晶在，她数学好，能计算各种纷繁复杂的优惠政策。但是也有失手的时候，有一次在优衣库，有个啥优惠，积满多少再减十元。我脑子笨，只知道积满，没看后面还要关注店铺微信号。晶晶看见了，她心细如发地帮我关注了，可还是没有成功。因为必须要我的手机支付。我们差点抱头痛哭。

"双十一"的夜晚，我和晶晶执手相看挂钟，还有最后几分钟了！

10

九大师不知道从哪里给我搞来一个鸡毛毽子，据说是一个著名的建筑师太太的手工活，蛮可爱的，十分结实，毛随便咋个整，硬是一根都没有掉过。估计做这个毽子的时候，她老公从建筑原理上给过技术支持吧！鸡年送鸡毛毽子，蛮好的。但是对于我这个从小不会踢毽子的人来说，不如把那只鸡给我提来。

毽子放在那儿，我一直没碰过，直到有一天晶晶来了，终于出现了上下翻飞的景象。我发现这个人啊，一通百通，心灵就手巧，手巧就啥都巧。晶晶又告诉我，她在学校就打网球，还代表学校去比过赛。我叹口气，人家腿多长，我腿多长，是吧，不能比。人家妈多高，我妈多高，是吧。晶晶鼓励我：你来试试嘛格格，不难的，你不要紧张，不要总盯着毽子，每一次踢中之后，身体要回正，只要身体正了，保持节奏，就慢慢好了。

这让我想起老游原来教我，拉坯前最重要的事情，是把泥柱把正。把正，是一切的开始，泥正了，每一次旋转才是有效的。而且不要被速度吓到，可以慢，但是不要停，停下来就是被自己的恐惧控制了。

晶晶走了之后，我换了一双布鞋，在我家还没有沙发的空旷客厅里开始练习踢毽子。（从买房子装修到现在，我家资金链暂时断裂。等第二期工程再买。）

真的就像是晶晶说的那样，每一下踢完了，最重要的不是去追逐在半空中的毽子,而是让身体回正。调整身体的同时,去靠近毽子,而且每一次踢,力度不要太大。毽子落在脚面,脚也要正,正了就能控制毽子在可控制的范围。节奏,一下,一下,踢,回正,踢,回正。

报告各位,我最高纪录,已经踢到了十五个。以前只有三个。

11

我有几个"自己做的"杯子,底款还打了自己的款:"格物"。

那是跟老游学陶时期,第一个拉坯和第一个拍泥片手捏的杯子。如果给人看,一般人都会觉得还可以。但这两个杯子,除了我拉坯和手捏基础造型之外,老游帮我修了底,老游配的釉,老游烧成。这两个杯子,其实我根本没有资格打上"格物"这个底款。大部分都是人家帮我完成的。

但真正的作品,从原始泥料的处理开始,到最后从窑里拿出来,都得是自己动手,你才有资格落上你的款。而我真正的水平呢，如果泥土没有经过陈化，黏性不够，我连在泥中搞个坑还不裂开都很难。我去晶晶工作室，捏了几个这样的，嘻嘻哈哈捏完，很不严肃。

结果人家晶晶还给我烧出来了。真的没有比这几个更丑的杯子了。我想起以前打着"格物"底款送给朋友的杯子，深深羞愧。其实那天认真一点会好，但是这有什么意义呢。我鄙视我自己。对不起晶晶的烧成。

关于陶艺，确实天赋太重要了。但是成为一个什么样的人，不取决于天赋，而取决于选择。这么漂亮的一句话，当然不是我说出来的。那天去电影院看电影，出来的时候，看见墙上写着这么一句话，出自《星球大战》的台词。大意啊，大意。

12

我选择成为一个爱喝茶、热爱茶具的人。我之前所谓的学陶经历，只是让我了解和学会欣赏这个专业。

但是我这么一个爱嘚瑟的人，怎么能放弃那段经历呢。比如，我要去晶晶工作室，我绝对不会碰任何东西，坯子拿不得。烧成的东西，想上手，先问能不能摸，说可以，再上手。有时候带朋友去，走进去，我就这样开始宣布，不要碰啊大家不要碰，用眼睛看。然后站在那里等晶晶哈哈大笑地夸我：格格可专业了！啥都懂！我就要背起手了，或者叉腰，右脚点地。

有一天，晶晶来，那眼睛红红的好像刚哭过似的。对了，我从没见过晶晶哭，但是她眼睛红红的样子看过。一问，原来工作室来了个熊孩子，大闹天宫，捏碎了几个她精心修出来的坯。我脸一下子就拉下来，黑着脸就要拍案。晶晶却扑哧一声笑了：没事没事，格格，没事。我就是，唉，我没事。

这么几年，我没学会做东西，但是我算是知道了，一样东西来之不易。因为来之不易，我觉得每一样东西都要去到懂的人手里。刚才有人问晶晶的作品卖吗。卖的，这是晶晶的职业啊。但是每一样东西，应该交给合适的人。我大半年都没有开朋友圈，昨天开了，因为我想追回几只杯子。那是老游的，每一只,用了没有感觉的人,我都双倍价格追回。不还我,绝交,我最喜欢绝交了。

晶晶最近状态井喷,是她一个创作的高峰。这个高峰怎么到来的,我一会儿说。在这个高峰稳定了之后,她就能做出真正可以给茶人用的茶碗和壶了。那时候,如果她愿意,我会一一帮她把作品找到主人。但是我会回访哦亲,不要随意领养。

13

晶晶第一个让我吃惊的作品是一个茶碗。那天去她工作室闲逛,一眼就看见这个碗,我的雷达小天线嘀嘀嘀开始响了,跟在商场看见"全场三折,两件再九折"一样兴奋。我问可以拿起来看看吗?晶晶抿嘴一笑:你看。我拿上手,捧在手里手感极好,敞口微微内收,看上去出水流也会收得干净。捏了捏厚薄,很薄。我脱口而出:晶,这个碗泡生普、单丛会很好喝。她看着我说:那你拿走。说完她就把眼帘放下了。这是我第一次,真正夸她的东西,尤其是茶具,第一次。所以我也不客气,说那我真的会拿走。

她把眼睛抬起来：你拿走。

拿回家，我就泡了生普。果然，这个碗把香气表现得太好了，蓬勃、清晰。我微信告诉她。她又秒回了一个蹦跳起来的卡通猫。她说，这个碗是她最新的一个想法，不是拉坯也不是拍泥片围合，而是全部由手指一点点捏，捏出这个厚薄。幸亏她手指长！要是我捏，估计只比盘子深点。为什么手捏的发香会这么好呢，可能这种不是一致的厚薄，在香气的折射上有细微的作用。茶具的每一点改变，直接能创造出全新的口感。就像这只碗。

我全面启动了夸奖模式，当然啦，我想起了新宇说的，格格你要多夸夸晶晶。现在，我找到了下嘴的地方。但是，对于手艺人，夸也要讲究力道和方法的，他们很难夸的。不到点，他们不爽的。总的说来，那天我让晶晶同学感受到了，我作为一个喝茶的人和写东西的人，双重的激情赞赏。夸得她说，格格，我要去床上躺会儿。格格谢谢你。

过了一会儿，她又回了一句：格格，真的谢谢你。

14

晶晶给了我这个茶碗之后,我忙别的事情,一忙一个月过去了。等我再去她的工作室,惊呆了:她居然做了半桌子的壶!而且没有一个壶是正常的圆形,全是异形的壶!以方壶为主,居然还有三角的。说实话,我当时内心有点,怎么说,反正不是惊喜,而是惊吓。壶在茶具里是最难做的,她不仅开始做壶,还做最难的壶。以前在紫砂壶界里有一句话:十圆不如一方。你要是用了圆壶,就会发现,壶真的天经地义就该是圆的。别的形状,都是异端,都是自找麻烦!没有难度创造难度。反正,我这么一个横扫淘宝茶具店的人,从来不敢买方壶。这批壶,还是素烧坯,样子怪异地静静地站在桌子上。我假装镇定,围着这批壶转了一圈,又转了一圈,背着双手,指指其中一把的把手:这个烧出来,手指能放进去吗?晶晶脸涨红了,可能不能,但是现在已经没法改了。我哈哈一笑:你吃了没有?你晚上去哪里吃?要不要去吃海来野味馆?晶晶小声地说:不了,你们去吧。我还有一点收尾的事情，做了再说。

我觉得晶晶太冒进了。但这是她的尝试，不能过于打击。对于做创作的人，这个时候最脆弱了。但是也不能盲目夸奖，有问题要说。那句话怎么说来着：注意方式方法。我自己也是这样，写了心里没底的文章，发给人家看的时候，会凶巴巴地说：以夸为主。但是好不好，我们心里清楚。只是脆弱。创作的人，也是脆弱的人。

一个月又过去了，这中间杨义飞教授还来了呢。我拉着晶晶，带着他还出去玩过几次。但是我们全程没有交流她做的东西。她显得有点疲惫，又感冒了，头疼得厉害。人瘦了一圈。

15

有一天，我在家打扫卫生，微信响了。我一看，是晶晶发来的，是一把烧成的方壶的照片。壶的质感，像是铁一样，黑灰，有粗粝的颗粒感，真的是一把铁骨铮铮的壶。质感不错，我脑子里立即想到，这个壶泡铁罗汉不知如何，如果好，那真的内容和形式统一了。微信又接着发来,是一段视频,是那把壶出水的动态。滴水不漏。我放下扫把,跳在懒人沙发上,把视频看了五六遍,说:牛啊晶晶,出水能做成这样!出水好,这个壶就成了一半。晶晶发了一个笑脸。我说,把小壶壶带我这里来试试水,她说,我这就来。

她端来一个盒子,里面装满了各种各样上次我看到的方形的壶、三角的壶。三角的壶只有一把。我说:可以啊,这批壶这么快就烧出来了。晶晶轻轻地说:这不是那一批,这是第二批。我改了很多地方。我没说话,怪不得她最近瘦了,她在这么短的时间内又做了一批。她有点疯了。

这批壶放在我的茶桌上,充满了科幻感,它们实在是太奇特了!真的像是一堆外星来的小飞船,我说你这批东西不如叫"降临"吧。她哈哈一笑,好的听你的。我先试方壶,我拿起来,第一感觉,怎么这么轻。晶晶说,因为方壶就不如圆壶装水,如果做厚了就更不装水了。而且,格格你说薄的壶发香好,对吗?我点点头:对。但是薄壶难做啊,也容易变形。而且方壶没法像是圆壶那样靠拉坯来造型,完全靠四片泥来接，用手和眼来完成方正。她说是的，尤其是靠着嘴的那一块，因为要接嘴，薄了难度很大。我打开盖子，盖子却极有分量，居然是夹层的！这多难做啊。晶晶说：你说，盖子如果能重一点，能增加一定的内压，对茶的释放有帮助。我点头：是这样的。我看了一眼壶里面，那排水洞，我笑了：晶晶你太聪明了，这就是我买的那把便宜粗紫砂壶的排水洞构造，你做得更彻底了。她说是的，格格，谢谢你启发我解决这些技术问题。

等水烧开，我开始泡，入水的时候，有点恍惚——我第一次用这样的壶，方的，像是铁一样的陶壶。其实是有陌生感的。出水，浑圆的水柱从嘴里有力地冲出来，我更恍惚了。像是一把不知道怎么抽出来的锋利的剑。方壶拎在手里，那种神奇的陌生感，但是操作性能又这么好。实话实话，完全出乎我的意料。因为这个形状，我真的有种开宇宙飞船的感觉，只不过，我还不懂它怎么升空的，它就飞上去了。断水的时候，果真和视频里一样，滴水不漏。我当时就说了那句话：好的断水，就要跟好的分手一样，绝不拖泥带水。我泡的是佛手，比较保守，我还不确定这个小方壶能泡铁罗汉。喝的感觉,茶的发香好得不得了,有一种见筋见骨的香气线条,清晰,层次多,送得远,和圆壶迥异。我喝了一口,请晶晶也喝一口。我们的眼睛都亮得跟什么似的。我说晶晶,这是我泡佛手以来,最棒的一次。晶晶,这把壶,成了。晶晶说,是吗,那太好了。她的脸红了,又一次泛出了盈润的光泽。噢,她不用把水灌饱了,脸色也能这么好啊。

16

试用的第二把,就是这批壶里的唯一一把三角壶。说实话,这把壶的造型,当初是最让我崩溃的,我接受方壶都有难度,更不要说这把小怪物了。我算在茶具方面接受度高的,但这把壶,真的太挑战审美,这就是一把来捣乱的壶,这是一把……不知道为什么要来到这个世界的壶。我记得以前有位老师说过,茶席上不要出现尖尖角角,有一种锋芒外露的感觉。我一直觉得他说得也对。我把小三角壶,发给好几个茶友看,人家的回复简直展现了各种绅士或者淑女的经典敷衍句式。有一位我极其喜欢的设计师,居然只是回答了一串:哈哈哈哈,省略号。

我问晶晶,你为什么要做这把壶。她说:我想做些不一样的东西吧。我只是想试试看……我噢了一声,没说话。我想起了以前让老游做一个新的壶形,他一口回绝,理由是"我没觉得自己把原来的形做到位了。不做新的"。他们是两个性格截然不同的陶艺家。晶晶的大胆,和老游的固执坚守反差太大。我和晶晶交流这么多,其实最终也不知道她会拿出一把什么样让我吃惊的东西。而老游,看上去都差不多,但其实差很多。他们两个都很棒。我这个泡茶的人,反正逗到闹,不扯票。这是一句四川话,意思是,跟着人家凑热闹。

我决定要用这个小怪物泡铁罗汉。等水的时候,把小三角在手里摩挲,它好像有点懂事一样,知道自己不太受人待见,不出声。但它的气质有种说不出来的稳。盖子也重,壁虚空,嘴有一个折度。单看这个嘴,我对它有了一些信心,出水会好。把茶放进去的时候,真的是太怪异了,三角形的口,茶不能着急,要慢慢放。然后入水,入水的时候,我脑子嗡嗡响,耳朵里什么都听不见了,只有水流到壶里的声音。晶晶屏住呼吸。全过程我们一句话都没有说。我提起壶，出水，吓了一跳，真好！比方壶还好！

铁罗汉展现完满，这壶太小，又是三角，客观上比我原来的水量略微减少了五分之一。第一次用，还掌握不好，但是出来的效果却好。我开始审视自己，是不是以前水量就多了一点。跟手重的厨子，盐巴放少了不安逸一样。

晶晶说你挑一把壶留下。我说就这个小三角吧。晶晶笑：嗯，没问题！嗯哼，小三角属于我了。

17

这把小三角，让每一个见到实物的人都眼凸凸，跟这把壶要咬人似的。哈哈，不怕不怕，怕啥，反正是我的壶，不咬你。如果怕这么铁角峥嵘的东西，可以看看晶晶在后面做出的碗。她完成了高难度，把力道降下来，再做舒缓的东西，所以这个碗让人特别放松，它有极其顺滑的弧线和极度复杂的粉灰。碗和壶，放在一起，真的很难想到是一个人做的。晶晶的内心，真有张力。有铁金刚，有绕指柔。说她是宫二,也是当得起了。真的。

  前几天村里有新朋友入住,晶晶送了她两个碗。照片里我已经见到这个碗了,但在朋友新家看到实物,眼睛还是红了,忍了又忍,没有流泪。一个是因为碗本身很美,还有,我了解晶晶这一路走过来的过程。陶艺这个东西的美,要分人,而且能看到多感动也分人。陶太安静了。这只碗的釉色,粉得这么稳,粉里带着些微紫和灰,在阳光下看,千变万化。为什么这个碗送朋友,因为她爱粉。新家礼物,从吃饭开始。意头也好。晶晶很细心。而且,好舍得啊!

  朋友以前没有接触过陶艺,但她看我两眼放的光,也重视起来。我悄悄告诉她,我认识晶晶以来,这个碗,算是她在碗里最棒的一件作品。另一只碗,是晶晶早期作品,是一只绿釉的碗。我看了看外屋,晶晶在和外面的人说说笑笑呢,没注意这边。我把两只碗都摆在一起,让她看:你单看这只绿的,釉色很美,但是线条没有粉的这只流畅。你看这里,是不是?这条线走到这里,其实犹豫了,要去哪里,不是一开始就想好的,是边做边想的。所以这只绿碗的整体气息没有沉下来,在半空。粉的,底足收得很小，而且不是用刀修出来，为了保持流畅的弧线，过渡是用手抹平滑的，看见了吗？浑然一体，这样的重量感也不在半空，压下来了。放在那里，稳稳的，只要一稳了，就有静气……你看这个房间，是不是摆了这个碗，觉得空间都宁静了？朋友也真有慧根，聪明极了，一拍胸脯，格格，我全明白了。真的！她是个大胸妹，大胸妹其实智商和情商都很高的。晶晶进来了，我闭了嘴。大胸女郎刚才说要用碗装红烧肉的，现在已经捧在书柜的玻璃架子上了。捧着碗，高兴得花枝乱颤。

18

写晶晶这个系列，我是什么状态呢？躺到床上，脑子歇不下来，看淘宝看了几个小时也不管用。第二天一早，多早就睁开眼睛，赶去食堂的路上，我觉得自己有点不同，是什么不同，具体也说不上。走路的时候，也在自言自语：晶晶，你说是不是，试试看草木灰釉，真的喝起来口感比较润。

我开始主动和人打招呼，赞美排在前面买油条的老太太显年轻，赞美在我旁边喂娃娃喝豆浆的妈妈衣服好看。

有中介带人在我们小区参观，看房的人一边走一边说：嗯，这里嘛，以后老了来住住还可以……我路过，站住了，说：现在也可以住啊，唉，有些事情，趁年轻有年轻的好处。没想到，那几个人哈哈大笑了，纷纷说，也对，也对。还对我挥手。

我站在那里，突然就想掉泪。

没出太阳，阴天。阴天的冬天，一切都清清楚楚的，没有风，凝固在干冷里。我一双手冰冷，插在口袋里。往小溪的方向走。一边走，一边又自言自语：你啊，你好好看看，这样的树木，一天有一天的样子，过去了就不再有了。看见的，都是再看不见的。

这个时候，小溪边的草木里有一阵响动，我没戴眼镜，但是一眼看见了：一只活的白鹭，站在前面的浅水里。你们知道，这个小区的名字叫什么吗？白鹭郡。

所以白鹭先生你好，你是不是房地产商花钱雇来的？它在远处，突然伸直了脖子，侧耳凝神。然后,它用一双长脚走了起来,一躬一探。你们知道白鹭走起来的样子,有多优雅吗?白鹭,你为什么现在来到我的身边?它没有回答,突然展开双翅,飞了起来。我追过去,它已经不见了踪影。

它的双翅展开真长啊,跟宋徽宗画的一样。但是收起来的时候,却并不显得肩膀多宽。这一点,倒是和晶晶不一样。

19

新宇又对我说:格格啊,我怀疑晶晶有抑郁症。我说:噢,为什么?他急得眉头拧成一团:她这个人吧哈,一急起来,急得就不得了,连个过程都没有,直接爆炸!我都不知道怎么回事她就爆炸了!我说噢,知道了,我回头问问。

他说完之后,又犹豫了一下:嗯,那什么,你现在抑郁症恢复得如何?还、还好吗?我阴郁地幽幽地看着他:我正在犯病。他啊一声,我拍着桌子哈哈大笑:骗你的,我好着呢。他噢一声,擦擦前额,吓死宝宝了。

其实吧，我真的挺好的。只要不要突然下一场大雪，在夜里，打得竹林沙沙响。不下雪，我也不会想在冬夜喝酒。还是那场大雪，前年杭州下了起码两三场大雪，你们还记得吗？大得啊，我们小区的树都压垮了好多，竹林直接拦腰压断。我每次路过那地方，如果旁边有人，我都会告诉别人：这里曾经是一片竹林，大雪压断的。那天大雪，我一个人，叫晶晶和新宇晚上来吃饭。吃着吃着，雪就下成鹅毛雪了。我说：在座的朋友们！（在座的只有他们两个人）我们要不要喝起来啊！晚来天欲雪，能饮一杯无？新宇是个热血的人，而且他天天被晶晶管着不让多喝酒，立刻热烈地回应：对面的朋友们！（对面就我一个人）让我们喝起来吧！

那时候，晶晶也不拦着了，她高高兴兴地加入：喝喝，我们喝！

我忘记喝的是什么酒了，可能是米酒也可能是我藏的一瓶白瓶牛栏山二锅头。我这个人呢，一喝多就开始唱歌，没想到新宇也是。我们合唱了一曲《贵妃醉酒》：海岛冰轮初转腾……我单独演唱了《穆桂英挂帅》：猛听得金鼓响画角声震，唤起我，破天门，壮志凌云！晶晶拍手叫好，她也喝了。但是她一首歌也不唱，只是说，格格，你太可爱了，你这个人。我一听夸我可爱，又追加了《花好月圆》和蒙古歌曲《花》。《花》还是用蒙古语演唱的，反正他们不是蒙古人，觉得我唱得可正宗了。

我们还出去在雪里跑了一会儿，那雪下得啊，大得都看不清路。夜灯下的雪片，簌簌的。落在脸上，居然觉得滚烫，我和晶晶挽着走：晶晶你开心吗？她点头嗯！特别开心！我好久没有这么开心了！真的！

我们回到屋子里，继续喝，继续唱。据说，我还跳了锅庄。其实不用据说，我知道到那个时候，我不可能不跳。满世界的锅庄和弦子。

第二天，据说新宇给九大师道歉，说以后再不让格格喝酒了，对不起，你不在我们没有管好她。

然后，我进入了长久的酒后羞愧期。不见人。等再次见新宇的时候，他小心翼翼地看我，格格你还好吗？我点点头：嗯，挺好的。他喃喃阿弥陀佛，阿弥陀佛，扎西德勒！

我说：你放心，晶晶没有抑郁症。

20

刚才微信咯噔响了一下,是晶晶,她发了两个字:格格。我呼吸暂停了一秒钟,脑子马上想:她知道了我在写她。她继续问:你在干吗呢?我很谨慎地回:你猜?她说:是在搞创作吗?我呵呵一笑:对对对。我确认她不知道了,问:那你呢,干吗呢?她说:今天装完窑,累死了。东西多,放不下,放进去拿出来放进去拿出来。我点点头:嗯嗯,跟我往洗碗机里塞碗应该差不多。她哈哈大笑:对,差不多。我说什么时候能出?后天可以吗?她说要大后天了。我回复嗯嗯,心里甜滋滋的,觉得又可以看见好多新东西了:辛苦啦!快去睡吧!

我凝视了一会儿她的对话框,她的头像是她家猫柚子。我看见代表她头像,怎么就觉得那么舒服,心里安安静静地舒服。想起她亲手给我穿过一串佛珠,是那种疙疙瘩瘩的菩提子,还有绿色的琉璃和红色的玛瑙珠,草绿色的流苏。她说格格,不是什么贵的东西,但是珠子是我亲自挑的,每一颗都差不多大。我不是佛教徒，其实不拿佛珠的。但是这串，我散步的时候最爱拿着，疙疙瘩瘩的珠子在我粗糙的手里搓一阵，我觉得我的手和珠子都光滑了不少呢！对面有人走过来，我就一截一截把珠子收到手里，揣进兜里，等那个人走了，我再拿出来搓。

晶晶什么花样都会穿，各种复杂的结都会打。她打的结要松开了，我甭想凭一己之力恢复。这串佛珠就断过一次，赶紧送她修，她给我的时候，比上一次穿得还要好看了！

晶晶吧，年轻的姑娘，干陶艺，也没啥社交，家境也很好，但确实也没见她穿过啥，戴过啥。她永远戴一对儿光银的耳坠子。我有一段时间迷恋假祖母绿宝石，为什么迷恋假的呢，因为真的没那么绿。我买了一只假祖母绿戒指，天天戴着，美得自己发呆。我和晶晶在一起，平均五分钟就要把手举起来：好看吗？晶晶每次都特别配合：特别好看！我撸下来：送你了。她不不不不，格格，我没那种气质戴不好！

我有一次买了一条三十二元的运动裤，好极了，料子好，款式好，最好的是：刚好我腿那么长。哎，你说商家都哪里来的自信啊，敢做这个尺寸的裤子？

我给晶晶展示了这条裤子。她也点头：是不错。我一激动，拉开衣柜，里面还挂着三条。黑的、墨绿、深红，各一条。晶晶倒抽一口冷气：格格，你不许再买了，这样是不对的。这是她对我说过最严厉的话了。

有一次她背了一个包来，是个名牌！我说：这是真的假的？她都有点不好意思：是真的格格，我得了个奖，我给自己买了点好东西。九大师在旁边煽风点火：你看看人家晶晶，买个东西，多像样！你那堆乱七八糟凑起来也能买了！我问了问价格，震惊了，说都可以买一斤鬼洞的肉桂了！过了啊，曲晶同志！

乱七八糟怎么了，我就喜欢买乱七八糟。

21

接下来的这一段，在《杨义飞》那篇也写过。但是这一次是从晶晶这个角度来写。可能会重复，但是重复也没办法。

那天蚊子来村里。来村里的好朋友，如果对手工或者艺术感兴趣，我基本都会带去晶晶的工作室看看。蚊子是个诗人，比较梦幻一个人，非常有能量也非常直率。她自己做火腿生意,在贵州养猪。因为劳累,她身体一直不太好。她看了一批晶晶做的盘子,那批盘子上是各种花纹的肌理。她说:我觉得这个不好,没有文化的脉络。乱画。

我们当时惊呆了。我更是说不出话来。晶晶毫无怒色,很平静地带着微笑说:这就是一些尝试吧。我忘记我说了句什么还是没说话。反正我当时是很厌的,蒙了。

这天晚上,我特别难受。觉得自己怎么也不维护一下晶晶,怎么那么厌,关键时候,这样不知道保护她。我点开蚊子微信:蚊子,我给你解释一下,晶晶为什么要做那些花纹。因为这批盘子,是给植物展览做展示用具的,晶晶把每一样要展示的植物,叶片、枝干、果实的质感,都做在了盘子上。这是一件特别有意义也是难度很大的事情。蚊子闻之,也后悔了,她连忙道歉。请大家也不要怪蚊子,她也是一个直肠子的人,而且,艺术在她心里的位置也是很高的。估计就像我对茶一样吧。

我给晶晶道了半宿的歉。她大概说了一万句没事的没事的格格。但是我依然心如针扎。倒不是这一件事，而是我特别恨自己在关键的时候总是这样，一句话也说不出来。前几天吧，有一个人在微博上和我争论，我真的急得在家转圈，最后我回答她：对不起，我嘴笨，我说不过你。然后她说：我看过你的书，没觉得你嘴笨啊。我都气哭了。真的。所以，每次九大师要出差的时候，嘱咐我要注意煤气，要注意关灯，最后他站在门口，就会说：不许和人在网上吵架。

晶晶说，格格，做东西的，有人喜欢有人不喜欢，这很正常。不要这样介意。我完全没事的，蚊子也挺好的，人家也道歉了。不要难过了。

我在家里伤伤心心又哭了一场。

22

因为前一天的事情，第二天送蚊子走的时候，大家都怪怪的。杨义飞开车，我和晶晶作陪。因为本来之前就约好了，蚊子走之前，再带她去景区找个地方喝茶。

蚊子一直在找机会道歉。她也是很真的人，但是好几次欲言又止。我心里又难过了，因为我体会到了蚊子的难过。最后蚊子决定不跟我们去喝茶了，她约了别的朋友见见面。而且她坚持让我们把她就在市区放下，不用管她。以我以往的待客风格，是一定要把朋友送到目的地，但是这一天，我一狠心，居然就放蚊子下去了。那是一个车水马龙的繁华路口，她下去之后，我们必须马上关门开车走。要不然马上排长队。

放下蚊子，我只有机会和她简单说一句，再见啊蚊子。然后，再看见她的背影，就是在十几米开外。她一个人，身体不大好，又拖着一个行李箱。

我们那天在城里转了三圈都没有转出那个区域。也是怪了。好在杨义飞是个怎么都不焦虑乐呵呵的人，他开着车，还有点惊喜似的：唉，怎么又来到这里了啊。格格，我们是要去哪里啊。这个白痴。晶晶沉着地说，好，别听导航的，听我的。在她的带领下，我们终于钻出来这个百慕大。我想了想，去云栖竹径吧，好吗？我带了茶，去那里喝。晶晶说好，哎，杨义飞，右拐。

23

当车子开进龙井一带的时候，我的心情就变舒缓了。

对了，我不是迷上勃拉姆斯了吗，别人听说了，都会说哟你的音乐品位这么高这么深啊！然后我又会告诉对方，我最爱的歌曲之一，是《青城山下白素贞》。尤其是好妹妹乐队唱的。

每当进西湖景区，我都要把好妹妹乐队的《青城山下白素贞》听个少说七八遍吧。因为，白素贞是青城山来的，她是四川人，她从四川来到了西湖。而我，也是个四川人，也从四川来到了西湖啊！所以，我一听就有一种和什么融为一体的舒服感！不仅听，还要跟着大声唱：青城山下白素贞，洞中千年修此生，哎嗨哎嗨吖，哎嗨哎嗨哟！唱这个的时候，我会转头问杨义飞和晶晶，你们不烦吧，杨义飞呵呵一笑：挺好的呀这不。晶晶说：不烦不烦。然后我就继续唱：望求菩萨来点化，度我素贞出凡尘。唱这句"度我素贞出凡尘"，我又有点哽咽。不知道为什么，看着窗外美景，心里不是难过，而是说不出的复杂滋味。我另一个朋友说，去日本一个观音堂，看千手千眼观音，看得她大哭。她为了观音哭，因为观音要救的苦难那么多，但是她手上的法器其实来来回回，就那么几件。素贞也求观音，观音去求哪个啊。菩萨好苦。

我总哭，都不好意思了。读者请自动把我的激动程度降低百分之五十五吧，还是六十五吧，也许刚好。

进云栖竹径的时候，已经是半下午了。这个地方本来就是比较冷清的景点，这个时候，人更少了。看着门口古意的大石头牌坊和里面森森的竹林，杨义飞特别开心，哈哈哈这个地方好。然后一买票，好像才八元一张。我们前几天出门，让别的景点坑了不少钱，这八元在这个时候，对我们都有一种重要的治愈效果。而杨义飞这个人，总是高高兴兴的，遇到这样的好事情……其实要说好事情，又算个什么好事情呢？反正他就更高兴了。他一高兴，我曾经写过，本来就红扑扑的脸，都有点泛紫了，青春痘闪着光。有的人就是这样，不，就杨义飞这样。和他待在一起，好像就没有不高兴的事情。他什么都能接受，好一点，他就更开心了。

多说一句。前几天，我带杨义飞在村里爬山，我随身带了一个保温杯。带保温杯出门是个很正常的事情对吧，但是我的保温杯里闷的是茶。而且我还带了两只茶杯，用布包包好，爬累的时候，坐下来，我把杯子拿出来，从保温杯里倒出茶来，递给杨义飞。杨义飞眼睛瞪大了：这么高级啊格格。然后他一喝，脸又变紫了。那天在山上，他若有所思地说：原来生活可以是这样的。真的很棒啊。其实，我不过就是带了两只杯子，晶晶的杯子。

好的，从这以后，杨义飞出门可愿意担负起背水的任务了。他说，能在外面喝到一口热茶，这感觉，真的太好了格格，呵呵。

24

走进云栖竹径，就像是走进一大团绿色静谧的液体。四周静极了，只有竹林的沙沙声，和鸟儿的叫声。好像刚才在市中区焦虑打转的事情只是一个梦。

这里面的主路也不过是一条两三米宽的石板路,两边都是古树,有的树上挂着牌子,是上千年的枫香。宋代的树,还活着,在我们身边。但我们没走这条路,走的是竹林深处的木头栈道。

一走去,竹林就完全把我们吸进去了,我们在它的肚子里。往上看,天是一条让竹林收束得细长的蓝色亮带子,竹子的尾巴在半空中温存探下来,好像是一个老爷爷,在弯腰问我们:你们从哪里来的呀?我们从家乡来,我从四川,杨义飞从佛山,晶晶从大连。还有枫叶,叶边镶着一点点红,一点点黄,大部分也是翠绿的。

杨义飞不肯走了,说格格我们就在这里喝茶吧!晶晶说,我听你们的。我说好的,在木头长椅上,我让杨义飞把水壶放下来。我把杯子拿出来,有朋友要问这个时候要是掏出晶晶的杯子是不是杨义飞的脸会更紫。会的。但这次我没舍得,这次秉承的原则是:打烂了不心疼。在外面喝茶,随便怎么喝,都不会难喝,一般的杯子就可以。我把带来的正山小种投进暖壶里,跟现泡的道理一样,这样茶才鲜。其实掌握好闷的时间,有时候甚至不比泡的差。我们一杯接着一杯,大暖壶水量大啊!晶晶喝得舒服得直哎呀。那天的正山小种,闷出了蜜香,红澄澄的,杯子里跟点了一盏灯似的。一点五升的壶,我们喝了一大半。个个浑身冒汗,觉得身体舒展,开始伸胳膊伸腿。

我带领杨义飞和晶晶站"乌龟桩"。这是小柳教我的一种缓解身体疲劳的功。很简单,就三招,但是姿势嘛,有点丑,功如其名:"乌龟功"。哦不对,人家大名叫:"玄武功"。乌龟功是我给起的。反正我们三个又不是外人,站成一排,一点不觉得有什么不好。一边站一边聊天。可是,这个时候,从栈道那边,过来一个男游客。栈道很窄的,我们站在那里,他只能擦着我们过去。我们犹豫了一下,这个功站着最好别乱动,要一口气做完。晶晶看看我,杨义飞也看看我,我说站着别动。那个男的,跟一条溜边的鱼一样,惊恐犹豫地过去了,过了之后回头看了我们一眼,然后居然跑了。我们终于忍不住,三个哈哈大笑。破功了。

收拾了茶具,继续往前走。前面是植被更加野的地方了,还有溪流和吊桥。这个景点做得细,很多植物都插了标签说明,内容科学翔实,什么科什么属。晶晶说,这里适合新宇来,因为新宇是做小朋友自然教育的。其中有一种草,叫什么蓼的,一簇簇细长的茎,上面开满了深红的小点点花,我说晶晶这好像你茶具上的那个花纹啊。她笑了笑,对的,就是从这里来的。植物真的太美了,我太爱这些叶子的脉络了。阳光斜着打下来,一束一束,长长地斜斜地铺在这些植物上,植物层层叠叠地亮,各种不同的绿和黄色夹杂着。我们好开心,走走停停,这片叶子摸摸,那朵花闻闻。杨义飞走在前面,他的脸现在不紫了,而是一种整体的亮,喜气洋洋的。他不停地拍照,也拍我和晶晶。

登上半山腰的时候,看见一家茶馆,在空旷处摆着几张桌子,客人都走了,桌上散落着没喝完的茶杯和暖水瓶。我想起我们暖壶里没有水了,走上去,晃了晃那暖水瓶,还有半瓶子水。我扭开盖子就往暖壶里倒。晶晶和杨义飞有点诧异,我说不要紧的,有人来,说要点水,要给钱就给点钱。果然,茶铺里走出两个男服务员,我笑容满脸,大哥,要下班了哈,我打点水成不?要钱不?人家客客气气地:你打你打！不要钱，一点开水！是要下班了，这个时候蚊子可多，你们还往山上去啊。我说嗯哪，不怕。杨义飞又开开心心了，晶晶也开开心心。我们的暖壶又满满的了。够我们喝一壶的了！

杨义飞说，哎，格格，你不是说泡茶水很关键吗，这个水可一定不是我们背出来的矿泉水了，应该是自来水。我说，泡茶当然要讲究水，但是也不要拘泥。要看情况，现在这个情况，就是自来水泡茶我们喝起来都甜滋滋！杨义飞说对对对，晶晶也说对对对。

在山顶转了一圈，往下走，是另一条路。正好有一片开阔林，围着树是一圈长椅。我们就在这儿，又把杯子拿出来开始喝茶。傍晚了，天色一点一点暗下去，夕阳的金光在密林里斑驳得像个梦境。连鸟叫都远了，鸟儿也要归巢了。这个时候，我躺在了椅子上，突然看见了漫天的斑驳树影，和站在四处望完全不一样。好像自己是躺在那斑驳上一样。人是飘浮的，轻飘飘的身体没有了重量。我让杨义飞也躺，他最听劝了，一让躺就躺，躺下来就哈哈哈乐，是不一样格格，真的很不一样！我让晶晶躺，晶晶穿着裙子,害羞,不躺。这个时候,我爬起来,把晶晶按在椅子上,然后把丝巾解下来包在她的腿上。我说晶晶你看,往上看。晶晶安静了一会儿,缓缓地,像是叹息一样说:果然不一样,谢谢你格格,我从来没有看到过这样的景象,太好了,这太好了。

我们三个就这样,安静地,在一片即将要归于寂静的树林间,躺着。我们都希望,能这样多躺一会儿。

我是范雨素

范雨素

一

我的生命是一本不忍卒读的书。命运把我装订得极为拙劣。

我是湖北襄阳人,十二岁那年在老家开始做乡村小学的民办老师。如果我不离开老家,一直做下去,就会转成正式教师。

我不能忍受在乡下坐井观天的枯燥日子,来到了北京。我要看看大世界。那年我二十岁。

来北京以后,过得不顺畅。主要因为我懒散,手脚不利索,笨。别人花半个小时干完的活儿,我花三个小时也干不完。手太笨了,比一般的人都笨。上饭馆做服务员,我端着盘子上菜,愣是会摔一跤,把盘子打碎。挣点钱只是能让自己饿不死。

我在北京蹉跎了两年,觉得自己是一个看不到理想火苗的人,便和一个东北人结婚,草草地把自己嫁了。

结婚短短五六年,生了两个女儿。孩子父亲的生意,越来越做不好,每天酗酒打人。我实在受不了家暴,便决定带着两个孩子回老家襄阳求助。那个男人没有找我们。后来听说他从满洲里去了俄罗斯,现在大概醉倒在莫斯科街头了。

我回到了老家,告诉母亲,以后我要独自带着两个女儿生活了。

二

童年,我和小姐姐两人脚对脚躺床上看小说。眼睛看累了,就说会儿闲话。我问小姐姐:"我们看了数不清的名人传记,你最服的名人是哪个?"小姐姐说:"书上写的名人都看不见,摸不着,我都不服气,我最服的人是我们的小哥哥。"

我听了,心里不以为然。是呀,书上的名人

是看不见，摸不着。但我们生活中能看见、摸着的人，我最服气的是我的母亲。小哥哥无非就是个神童罢了。

我的母亲，叫张先芝，生于1936年7月20日。她在十四岁那年，因能说会道，善帮人解决矛盾，被民主选举为妇女主任。从1950年开始干，"执政"了四十年，比萨达姆、卡扎菲这些政坛硬汉的在位时间都长。不过，这不是我服气母亲的原因。

母亲只有几岁的时候，外爷（外祖父）把她许配给房子连房子的邻居，就是我的父亲，以后母亲就能帮衬我的舅舅了。我的父亲年轻时是个俊秀飘逸的人，可父母亲的关系一点也不好，他们天天吵架。

从我记事起，我对父亲的印象，就是一个大树的影子，看得见，但没有用。父亲不说话，身体不好，也干不了体力活。屋里五个娃子，全靠母亲一个人支撑。

我的母亲是生在万恶旧社会的农村妇女，没有上过一天学，但我们兄妹五人的名字都是母亲起的。母亲给大哥哥起名范云，给小哥哥起名范飞，希望两个儿子能成人中龙凤，腾云驾雾。母亲给我们仨姐妹的名字起得随意多了。大姐姐叫范桂人，意思是开桂花的时候成人形的。小姐姐是开梅花的时候生的，应该起名叫梅人，但梅人，谐音"霉人"，不吉利。母亲就给她起名范梅花。我是最小的娃子，菊花开时生的，母亲给我起名范菊人。十二岁那年，我看了当年最流行的言情小说《烟雨濛濛》，是琼瑶阿姨写的，便自作主张，改了名字，管自己叫范雨素。

大哥哥从小就有学习自主性，但没有上学的天赋。每天夜里，舍不得睡觉地学习，考了一年，没考上大学，复读了一年，还是没考上。大哥哥生气了，说不通过高考跳"农门"了。大哥哥要当个文学家跳"农门"。我们家是个很穷的人家，两个姐姐的身体都有残疾，长年累月看病，家里穷得叮当响。可是因为大哥哥要当文学家，当文学家要投资的。大哥哥把家里的稻谷麦子换成钱，钱再换成文学刊物、经典名著。没有了粮食，我们全家都吃红薯。幸运的是，妈妈的五个娃子没有一个是饿死鬼托生的，也没有一个娃子抗议吃得太差。

大哥哥又读又写了好几年，没有当成文学家。身上倒添了很浓的文人气息，不修边幅，张口之乎者也。像这样的人，在村里叫作"喝文的人"，像鲁迅先生笔下的孔乙己一样，是被人鄙视的。

但是，大哥哥和孔乙己有不一样的地方，大哥哥有我们英勇的母亲。因为母亲，没有人给大哥哥投来鄙视的目光。

母亲口才很好，张嘴说话就有利口覆家邦的架势。她长期当媒人，在我们襄阳被人喊作"红叶"。母亲当红叶不收一分钱，纯粹是做好事，用现在的词语叫志愿者。20世纪80年代初的农村，家家都有好几个娃子，男大当婚，女大当嫁。像母亲这样的人，是最受欢迎的人才。

大哥哥没当成文学家，没跳出农门，这不是要紧的事，但大哥哥需要结婚，这是大事。像大哥哥这样类型的人，在村里被人叫作文疯子，说不上媳妇。可是我们有个厉害的母亲，她向来能把黑说白，能把大哥哥的缺点说成优点。凭着母亲的凛凛威风，我们这穷得叮当响的人家，给大哥哥找了一个如春天的洋槐花一般朴实的妻子。

结了婚的大哥哥依然迂腐。他对母亲说，村官虽小，也有可能贪污受贿，他让母亲别当村官了，丢人现眼。那时候,我虽然年龄小,也觉得大哥哥逗。哪里有每餐啃两个红薯的贪官污吏?

但是,母亲什么也不说,辞掉她做了四十年的村官。

大姐姐生下来五个月,发高烧,得了脑膜炎。当时交通不方便,母亲让跑得快的舅舅抱着大姐姐往四十里外的襄阳城中心医院跑。住上了院,也没治好大姐姐的病。大姐姐不发烧了,智障了。

据母亲说,是打针时药下得太重了,大姐姐药物中毒了。

大姐姐傻了,可母亲从不放弃。母亲相信自己能改变这个事实,她相信西医,相信中医,相信神医,不放弃每一个渺茫的机会。经常有人来家里报信,说哪个地方,有个人成仙了,灵了。母亲便让父亲领着大姐姐讨神符,求神水喝。讨回来的神符烧成灰,就着神水,喝到大姐姐的肚子里。一次次希望,一次次失望。母亲从来没放弃过。

小姐姐的小儿麻痹症,一直治到十二岁,腿开了刀,才慢慢好转。

母亲生了五个娃子,没有一个省心。

三

曾经的我很膨胀。

我是母亲年近四十岁生的唯一健康的小女儿。我的童年,母亲忙得从来不管我。我在六七岁时,学会了自己看小说。这也不是值得夸耀的事,我的小姐姐和大表姐都能看一本本砖头厚的书。童年唯一让我感到自豪的事,就是我八岁时看懂一本竖版繁体字的《西游记》,没有一个人发现过,也没有一个人表扬过我。我自己为自己自豪。

我那个年龄,很容易骄傲。我的成绩一直是班上最好的。我上课时,从来没听过课,脑子里把看过的小说自编自导一遍。一本叫《梅腊月》的小说,在我脑子里导过一千遍。

我上小学的年代,文学刊物刊登得最多的是知青文学,里面全是教人逃火车票、偷老乡青菜、摘老乡果子、打农户看门的狗和炖狗肉吃的伎俩。

看这些小说,我感到一餐啃两个红薯的生活是多么幸福呀。不用偷,不用抢,也没有人打我,还有两个红薯吃，还能看闲书。少年的我，据此得出了一个道理：一个人如果感受不到生活的满足和幸福，那就是小说看得太少了。

我不光看知青文学，还看《鲁滨孙漂流记》《神秘岛》《孤星血泪》《雾都孤儿》《在人间》《雷锋叔叔的故事》《欧阳海之歌》《金光大道》。通过看小说，我对中国地理、世界地理、中国历史、世界历史了如指掌。只要报一个地名出来，我就知道在世界上哪个大洲。说一条河流出来，我能知道它流向地球上的哪一个大洋。

我十二岁了，我膨胀得要炸裂了。我在屋里有空白的纸上，都写上了"赤脚走天涯"。在十二岁那年的暑假，我不辞而别，南下去看大世界了。

选择南下，是因为我在1982年的一本杂志上，看见一个故事。北京有一个善人，专门收养流浪儿。她在冬天收养了一个流浪儿，那个孩子冬天睡在水泥管道里，把腿冻坏，截肢了。我对这个故事印象深刻，知道如果去北京流浪，会把腿冻没了。

我按照知青小说教我的七十二道伎俩，逃票去了海南岛。那里一年四季，鲜花盛开。马路上有木瓜树、椰子树。躺在树下面,可以吃木瓜,喝椰汁。我吃水果吃腻了,就上垃圾桶里找吃的。小说里的主人公都是这样生活的。头发很短,脏兮兮没洗脸的我,看着像一个没人理睬的流浪男孩。人贩子辨认不出我的性别,也没盯上我。

可这种日子会过腻的。没有学校读书,没有小说看,也没有母亲。我在海南岛上浪荡了三个月,决定打道回府。一路逃票,回到了家乡,回到了母亲身旁。

一回到家,只有母亲还用慈祥的眼神爱着我,父亲和大哥哥对我恨之入骨,说我丢了他们的人。村里,年长的族兄找到了母亲,说我丢了整个范家的脸面,让母亲把我打一顿,赶出去。

这时候,十二岁的我清醒过来。在我们襄阳农村,儿娃子(男孩)离家出走几天,再回来,是稀松平常的事。而一个娘娃子(女孩)只要离家出走,就相当于古典小说中的私奔罪。在我们村里,从来没有女孩这么做,我离家出走,成了德有伤、贻亲羞的人。

我没脸见人,也没脸上学了。最关键的是,我也没勇气流浪了。怎么活下去?活下去是硬道理。

母亲并没有抛弃我。这个时候，我的神童小哥哥已读完大专，成了智商、情商双高的人才，当了官。母亲支使神童哥哥为十二岁的我谋了一份民办老师的工作，让我在一个偏远的小学教书，安顿了我。

荏苒岁月颓。转眼间，母亲的孩子们全成了成年人了。母亲为我的大姐姐求医问药了二十年，还是没治好大姐姐的病。大姐姐在二十岁那一年，发了一次高烧，医治无效，死了。

小姐姐长大后，成了乡下中学教语文的老师。在学校教书时，小姐姐的才子男朋友去上海另觅前程了。脑子里有一万首古诗词内存卡的小姐姐恨恨地说："一字不识的人才有诗意。"小姐姐找了一个没上过一天学的男文盲，草草地打发了自己。

大哥哥还在村里种地，锄头、镢头、铁锨，把大哥哥要当文学家的理想打碎了。大哥哥现在只种地了，过着苦巴巴的日子，再也不搔首问天，感叹命运多舛。

少年得志的小哥哥，在四十岁那年，迷上了赌博。可能因为官场运气太好，小哥哥在赌场上只一个字：输。输钱的小哥哥借了高利贷。很快，还不起债了,他每天都在腾、挪、躲、闪着追债人。官也被撤了。

世态炎凉,小哥哥没有朋友了,没有亲戚了。小哥哥在深夜里,在汉江二桥上一遍遍徘徊。

这时候,母亲站了出来,她一遍遍劝慰小哥哥。母亲说四十岁的儿子,是个好娃子。这不是小哥哥的错,是小哥哥那些朋友把小哥哥教坏了。

母亲说,对不起小哥哥,那时没有让年幼的小哥哥复读一年。如果复读了,考上了大城市里的大学,到大城市当官,大城市的官员素质高,不会教坏小哥哥,小哥哥就成不了赌鬼。母亲说,人不死,债不烂,没什么好怕的,好好地活下去。有母亲的爱,小哥哥坚强地活着。

四

我离开对我家暴、酗酒的男人,带着两个女儿回到襄阳,母亲没有异样,只是沉着地说,不怕。但大哥哥马上像躲瘟疫一样,让我赶紧走,别给他添麻烦了。

按照襄阳农村的传统，成年的女儿是泼出去的水，母亲没有帮助我的义务。母亲是政治强者，但她不敢和中国五千年的三纲五常对抗。爱我的母亲对我说，我的大娃子不上学了，不要紧，母亲每天会求告老天爷，祈求老天爷给她一条生路。

这个时候，我已明白，我没有家了。我们农村穷苦人家，糊口尚属不易，亲情当然淡薄。我并不怨恨大哥哥，但我已明白，我是生我养我的村庄的过客。我的两个孩子更是无根的水中浮萍。这个世界上只有母亲爱着我们了。

我带着两个孩子来到京城，做了育儿嫂，看护别人的孩子，每星期休一天。大女儿在东五环外的皮村，在出租屋里看护小妹妹。

我运气真好，我做育儿嫂的人家是上了胡润富豪排行榜的土豪。男雇主的夫人生的两个孩子，已是成年人了。我是给男雇主的其他女人看护婴儿的。

女雇主生了一儿一女，大儿子在国际学校上学前班，小女儿是刚三个月的小婴儿。男雇主给大儿子雇了一个少林武校毕业的武术教练，在自己家盖的写字楼里辟出了一块三百平方米的场地，装上了梅花桩，沙袋，单双杠……给儿子一个人使用。除了学武，又找了一个中国人民大学毕业的学霸，做家庭教师，包吃住，负责接送孩子，指导孩子写作业，领着孩子去习武，还教六岁的孩子编程序。

我只负责三个月的小女婴。小婴儿睡觉不踏实，经常半夜三更醒来。我跟着起来给孩子喂奶粉，哄她入睡。这时，我就想起我在皮村的两个女儿。晚上，没有妈妈陪着睡觉，她俩会做噩梦吗？会哭吗？想着想着，潸然泪下。还好是半夜三更，没人看见。

女雇主比男雇主小二十五岁。有时我半夜起来哄小婴儿，会碰到女雇主化好了精致的妆容，坐在沙发上等她的老公回来。女雇主的身材比模特曼妙，脸比那个叫范冰冰的明星漂亮。可她仍像宫斗剧里的娘娘一样，刻意地奉承男雇主，不要尊严，伏地求食。可能是她的前生已受够了苦，不做无用的奋斗。

大女儿交了两个同龄的不上学的朋友。一个叫丁建平，一个叫李京妮。丁建平来自甘肃天水，他不上学是因为妈妈抛弃了爸爸，爸爸生气。爸爸还说，公立学校不让农民工的孩子上，上学只能到打工学校上，这样的学校一学期换好几个老师，教学质量差。

反正上不成个器,就省点钱不上。

李京妮不上学,是因为她的爸爸在老家有老婆、孩子,可还去骗李京妮的妈妈,生了李京妮。李京妮的妈妈发现受骗后,气走了,也不要李京妮了,她爸爸是个善良的人,没有抛弃李京妮。可爸爸说,李京妮是个户口也没有的黑孩子,城里的打工学校,都是没办学资格的黑学校,娃子们在里面上,没有教育部的学籍,回老家也不能上高中考大学。李京妮是"黑人",没必要再上这黑学籍的学校,来个双料黑。

有母亲在求告老天爷,我的两个孩子健康快乐地成长。三个大孩子一起看护一个小孩子,很轻松,孩子们每天都好得很。三个孩子,每天对着小女儿唱"我们的祖国是花园,花园的花朵真鲜艳",唱得眉飞色舞,玩得欢天喜地。

五

我所居住的北京皮村是一个很有趣味的村子。中国人都知道,京郊农民户户都是千万富翁,他们的房产老值钱了。土豪炫富都是炫车炫表,炫皮包,炫衣食。这些炫法，我们皮村都不屑。我们皮村群众炫的是狗，比谁家养的狗多。我在皮村认识的工友郭福来是河北吴桥人，在皮村做建筑工，住在工棚里。皮村的一位村民，每天领着一支由十二只狗组成的狗军队，去工棚巡视，羞辱住在工棚里的农民工。郭福来冷冷地写了一篇《皮村记狗》，发表在《北京文学》，表达农民工的心声。

我的房东是皮村的前村委书记，相当于皮村下野的"总统"。房东是政治家，不屑养狗部队，只养了两条狗。一只苏格兰牧羊犬，一只藏獒。房东告诉我，苏格兰牧羊犬是世界上最聪明的狗，藏獒是世界上最勇猛的狗。最聪明的狗和最勇猛的狗组成联盟，它们是天下无敌的。我的孩子，住在皮村下野"总统"的府邸，享受着天下无敌手的安保，我和孩子都感到生活很幸福。

大女儿学会了看小说后，我陆陆续续去潘家园和各旧货市场、废品收购站，给大女儿买了一千多斤书。为啥买了这么多呢？有两个原因，一是论斤买太便宜，二是这些进过废品收购站的书太新了，很多都没有拆下塑封。一本书从来没有人看过，跟一个人从没有好好活过一样，看着心疼。

我原来没写过文章，如今，我有时间就用纸笔写长篇小说，写我认识的人的前世今生。我上学少，没自信，写这个是为满足自己。长篇的名字，我想好了，叫《久别重逢》。它的故事不是想象，都是真实的。艺术源于生活，当下的生活都是荒诞的。文章中的每一个人都可以考证。对这篇自娱的长篇小说，我总是想写得更好。

皮村"工友之家"文学小组开课，我听了一年。那一年有空听，是因为小女儿要看管，我在和皮村相邻的尹各庄村找了份在打工学校教书的工作。打工学校工资低，是个人就要。一个月给一千六。后来，小女儿大点儿，可以独立上学，独立回家，独立买食物。我就没再教书了，去做育儿嫂，一个月给六千多，只每个星期回来看一次小女儿，没再去工友之家了。

我一直觉得自己是个麻木、懦弱的人。我一直看报纸，不求甚解地闲看。如果把这几十年的新闻连起来看，你会发现，在没有农民工进城打工之前，就是约1990年之前，中国农村妇女的自杀率世界第一。

一哭二闹三上吊嘛。自从可以打工，报纸上说，农村女人不自杀了。可是又出现了一个奇葩词语，"无妈村"。农村女人不自杀了，都逃跑了。我在2000年看过一篇《野鸳鸯最易一拍两散》的报道，讲的是异地联姻的农民工婚姻太脆弱了。逃跑的女人也是这样异地联姻的女人。

在北京这样的城中村里，没妈的农民工的孩子也很多。可能是物以类聚，人以群分的缘故，我的大女儿交的两个朋友，都是这样的孩子。他们的命运基本上也是最惨的。

我的大女儿跟着电视里的字幕，学认字，会看报看小说了。后来，大女儿在小妹妹不需要照顾后，在十四岁那年，从做苦工开始，边受苦，边学会了多项手艺。她今年二十岁，已成了年薪九万的白领。相比较，同龄的丁建平、李京妮，因为没有亲人为他们求告老天爷，他们都变成了世界工厂的螺丝钉，流水线上的兵马俑，过着提线木偶一样的生活。

凡是养过猫狗的人都知道，猫狗是怎么护崽的。同理，人是哺乳动物。抛弃孩子的女人都是捧着滴血的心在活。

六

我在多年的打工生活里，发现自己不能相信别人了，和谁交往都是点头之交，有时甚至害怕和人打招呼。我对照心理学书籍给自己治病，得的叫"社交恐惧症"，也叫"文明恐惧症"，一旦恶化，就成"抑郁症"了。只有爱心才能治疗。我想到母亲对我的爱，这个世界上永远只有母亲爱着我，我每天都使劲这样想，我的心理疾病没有恶化。

今年，母亲打电话告诉我，我们生产队征收土地，建郑万高铁的火车停靠站。我和女儿还有大哥哥一家子户口都在村里，有土地。村里征地，一亩地只给两万二千块，不公平。队长贴出告示，每家要派个维权代表，上政府告状，争取自己的利益。大哥哥也出门打工去了，我们家的代表只能母亲来当。

母亲告诉我，她跟着维权队伍，去了镇政府、县政府、市政府。走到哪里，都被那里的年轻娃子们推推搡搡。维权队伍里，队长六十岁，是队伍里年龄最小的。母亲八十一岁了，年轻人是有良心的，没有推她，只是拽着胳膊，把母亲拉开了，母亲的胳膊被拽脱臼了。

一想到在正月的寒风里，八十一岁的老母亲还在为她不成器的儿女争取利益，为儿女奔走。我只能在这里，写下这篇文字，表达我的愧疚，我还能做些什么呢？

我能为母亲做些什么？母亲是一个善良的人。童年时，我们村里的一大半人都找碴儿欺负我家房后那些因修丹江口水库搬到我们村的均州移民。均州最出名的人叫陈世美，被包青天铡了。均州城现在也沉到了水底。我的母亲，作为这个村子里的强者，金字塔尖上的人，经常出面阻止别人对移民的欺侮。在我成年后，我来到大城市求生，成为社会底层的弱者。作为农村强者的女儿，经常受到城里人的白眼和欺侮。这时，我想：是不是人遇到比自己弱的人就欺负，能取得生理上的快感？或者是基因复制？从那时起，我有了一个念头，我碰到每一个和我一样的弱者，就向他们传递爱和尊严。

活着总要做点什么吧？我是无能的人，我是如此的穷苦，我又能做点什么呢！

我在北京的街头,拥抱每一个身体有残疾的流浪者;拥抱每一个精神有问题的病患者。我用拥抱传递母亲的爱,回报母亲的爱。

我的大女儿告诉我,她上班的文化公司,每天发一瓶汇源果汁,她没有喝饮料的习惯,每天下班后,她双手捧着饮料,送给公司门口从垃圾桶里拾废品的流浪奶奶。

我可以成为怎样的自己

韩仕梅

（本文系韩仕梅在她势界·凤凰网2024女性影响力大赏高峰论坛现场的主题演讲）

大家好，我是韩仕梅，一个地地道道的农民。

过去一个月，我一直在思考今天要讲的主题，"女性可以成为怎样的自己"。

我反复问自己，我凭什么代表女性发声？凭我写诗，凭我起诉离婚上了热搜，还是凭我在联合国妇女署做了一次演讲？

我想，这些所谓的成绩，和在座各行各业杰出女性的成就相比，不值一提。我不能代表你们，也不能代表没来的女性，我只能代表我自己。

所以，我把标题改成"我可以成为怎样的自己"。

不过这个标题，也存在一个问题。

"我可以"，说明我有选择权，我可以这样过，我可以那样活。可是，到目前为止，在我的人生的五十三年，我恰恰没有这个权利。我在诗歌《备注》中写道：

> 从出生起
> 我的身份注定备注给了
> 未来的老头，公婆，儿女
> 我只想用我的善良
> 给这个变了味的空气
> 摘上一朵玫瑰
> 把浪漫也给予他们
> 然而
> 我一直没找到
> 属于我自己的位置

写这首诗歌的时候，是两年前。即使现在，我也没有找到那个位置。所以，我不能说"我可以成为怎样的自己"，只能说"我想成为怎样的自己"。

首先,我想成为被选择的自己。

或许有人看过我的报道,知道我出生时的遭遇。由于我是趴着出生的,当地人迷信,说这样的孩子长大不孝顺,我的母亲差点把我溺死。

苏轼当年被贬到黄州,知道当地溺婴现象严重后,极力遏制了这一恶习。而我的苏轼,正是我的父亲和三位姐姐。

我懂事后,他们把这件事当成一个笑话讲。我听了哭笑不得,深夜里趴着睡不着,悟出了一个道理:由于普通,我随时都可以被放弃。

为了不被放弃,我干活卖力,我学习刻苦,处处表现得比哥哥姐姐们更勤奋。

我上学期间成绩一直很好,每次考试都拿奖,得了好多奖。那时候我家住的是土坯茅草房东倒西歪的,没地贴,我就一张一张摊平放在睡觉的身子下面,鼓鼓一大沓。我最喜欢语文,因为老师总会读我的作文给同学们听,可是我读初二下学期的时候,被迫辍学,因为交不起十八块钱的学费。

贫穷,割掉了我想飞出去的一边翅膀,把我定义在那一方水土世代女性的生命模板中:生在那儿,死在那儿，一辈子都在那儿。另一边翅膀，断在了我的婚姻中。我三个姐姐的婚姻，都是母亲一手包办的，每次的彩礼钱都用在了刀刃上。母亲原本答应我，让我自由恋爱，可她还是反悔了。我在我的诗《夜曲》中写道：

> 风是黑夜孤独的曲子
> 深夜里
> 我心中那盏灯依然亮着
> 母亲把手伸进我的皮囊
> 掏走了那盏灯

诗中的那盏灯，是我对自由恋爱的憧憬和向往。我反抗了三年，没用。

其实母亲后来也说过，这婚要不退了吧，可我想到弟弟也要盖房子娶媳妇的现实需求，忍了忍，还是从了这桩婚姻。如果问我怨恨过我的母亲吗？我想是曾经怨恨过。但我的婚姻悲剧，并不能说是母亲一手促成的。在男尊女卑的农村重灾区，那些对女性极不友好的世俗观念，都不是母亲原创的。她，也是受害者。

她做了一位母亲所有应该做的,她是一位慈母。

我有一个哥哥,三个姐姐,一个弟弟,可是母亲年迈的时候不是在儿子身边度过的,而是在我的家中。

有一天,母亲和我聊天。她说,我刚出生时,以为我大了不孝顺,没想到,我是对她最孝顺的一个孩子。

如果母亲知道我写诗,知道我出了诗集,她会不会为我感到骄傲呢?如果一个人是否孝顺,不是简单凭借出生姿势断定,我能否不带惊险地度过童年时光呢?如果我的婚姻不是为了用彩礼换弟弟的盖房钱,我会不会也能拥有理想中的爱情?如果我能再多撑半年,等到全国普及九年义务教育,我的人生会不会不一样?

所以我想成为被选择的自己,而不是在陈旧观念下和贫穷环境中被迫"放弃"的那一个。

其次,我想成为让儿女喜欢的自己。

和树生活在一起

不知有多苦

和墙生活在一起

不知有多痛

这几句诗是我三十多年的婚姻写照。我对自己婚姻的所有埋怨，都源于自己被包办的不甘，哪怕我自由恋爱的结果更糟糕。

在我的婚姻中，我可以认同他丈夫的身份，但我不能接受他爱人的身份。我们两人在夫妻关系中将对方物化，都是这个家里该有的物件罢了。

可是，男人将女人物化，比女人将男人物化，要霸道得多。即使没有爱，女人也要担起这个家，日子不能输给别人家，更要过夫妻生活，为男人生儿育女。

我并不抵触这些，因为一对儿女是我这桩婚姻中最大的慰藉。不然，我这三十多年会是彻底的失败。

我支持女儿自由恋爱，自己得不到的自由，我希望女儿有。网友们说我开明，但我不过是有限的开明。

日前，我还着急给儿子说亲，希望他早日成家。为了他，我也不去打工了，怕媒人或女方家人来的时候，家里没个女人，他们会笑话、会有想法。

所以说，我的觉醒，也是有限的觉醒，我依然深深地陷在世俗观念中，以我自以为对的方式爱着自己的孩子们。同时他们也用自己的方式支持着我的决定，他们支持我上网，支持我写诗，每次和老头因为家事争吵时，他们都站在我的身旁。

我感谢我的一对儿女。在过去的二三十年，与其说是我养育了他们，不如说是他们养育了我活下去的意义，直到我遇到了自己的诗。

我在诗集序言中写道：

> 是诗，弥合了我与世界之间的罅隙；
> 是诗，敲醒了我头顶上熟睡的一颗星。
> 所以，我想不停地写诗——
> 也想成为被称为诗人的自己

我原以为我的脚印，一辈子都会落在田地里，直到我开始写诗。

写诗的灵感是不期而遇的。我挥锄头的时候，它会来；我做饭的时候，它会来；我串门的时候，它也会来。

灵感是我的贵客，无论什么人什么事，都得给它让步。我会第一时间记录它，在土地上、在纸壳箱上、在墙上、在笔记本上。

媒体称呼我"写诗农妇"，这让我成名，也让我自卑。我写的是诗，为何不能称呼我为"诗人"呢？我那时想，应该是我不配吧。我一时不敢说自己写的是诗，而说是顺口溜。

真正让我建立自信的人，是我的诗集编辑，他鼓励我正视自己的写作身份。他说诗人是没有分类的，诗歌是人间三百六十行最美的表达，万事万物都可以被真挚的情感诗化。就这样，我开始准备出版自己的第一本诗集。

可是很少有人知道，从2022年4月到2023年5月，我的诗歌先后被十四家出版机构毙掉。当我快放弃的时候，一份出版合同寄到我手边。那个下午，我以泪洗面。后来，我走出了家乡，走出了我待了三十年的土地。文学让我获得了新生，我如同一棵刚刚破土的嫩芽，见到了清晨的第一缕阳光！

或许很多人还不知道它，但看到自己的诗句在互联网上被人转载、被人喜爱时，我是很喜悦、很自豪的。

有人喜欢《无题24号》：

　　太阳虽然无语
　　但它的表达
　　是滚烫的

有人喜欢《对错》：

　　不是一路的
　　无论你多么正确
　　都是错的

更多的人喜欢《觉醒》：

　　我已不再沉睡
　　海浪将我拥起

> 我奋力走出雾霾
> 看到清晨的暖阳

我成为诗人了吗？我想还没有，但我依然在用我对生活的感悟，凝结成我自以为是诗的作品。直到凤凰网再举办活动，把我的头衔从"田埂上的写诗者"改成"田埂上的诗人"为止。

最后，我想说，我们女性想成为的自己，不应该是一成不变的，也不应该是钻到一个模子里而永远都不出来的。

我叫韩仕梅，我还有另外一个名字，叫韩花菊，这是我的法定姓名。

我不仅想做冬天里坚韧的梅花，想做秋天里傲霜的菊花，想做出淤泥而不染的莲花，还想做春天里报喜的迎春花。

我依然不能代表大家，但我希望天下所有的女性，在今后的每分每秒里都熠熠生辉闪闪发光！

谢谢大家。

又是一年春好日

王柳云

2021年清明节刚过，我丈夫突然生病，幸亏有住在同一小院的甘肃姐们儿介绍去应急总医院。应急总医院十分亲民，我丈夫一去就住上了院。检查是必需的，他住在那里前后检查了七天七夜，才确认得了脑血栓。我丈夫在医院住了半月，花掉四万余元，是我俩大半年的全部积蓄。去年婆婆去世，我们欠了几万，今年这点钱幸好还没拿去还债，全给他治了病，再次一朝回到解放前。

我已经不再对此生有任何期盼，命里注定不让我轻松。这个同屋檐下的男人一生好吃懒做，只想醉生梦死，大块吃肉，大碗喝酒，横竖也不听劝，这全是他自作自受。

我丈夫出院后，病情并未减轻，这时候，赵翠枝帮了我大忙，因为她住顺义半壁店，在那里认识了中医赵传丰。赵传丰是河北沧州人，出身中医世家，在北京中医药大学毕业后，被人以合伙人的身份聘请到这里开诊所，才三十八九岁，有太多劫后余生的人，都是他救的命。赵姐带我们去那里，年轻的赵医生给我丈夫开颅放血，他那脑门子里的瘀血像死猪血那样黑而成块地流出，若没有赵医生高超的祖传医术，这些废物排不出去就会把血管堵死，让他瘫痪且语言能力失调，成为废人了此残生。所以，幸亏有赵姐介绍赵医生。

从发病，到住院，再到恢复上班，我丈夫只请了二十天假。而在此期间，我一直请假陪丈夫看病，米妙妙一再催促，并追问我哪天能上班，缺人手时一直由那位领班代我的岗，她忙得连饭都吃不上。后来我回去上班，我丈夫也重回停车场工作，米妙妙当着同事们的面说："哎呀，你丈夫病成这样，还有人敢要他？王姐我告诉你，哪天我只要找保安的领导吱一声，不开了你丈夫才怪！所以你就得老实服从我！"

我明白，再在三元桥待下去，我就要尊严尽失。

我租住在安家楼低矮的小四合院里，那里有山东人、河北人、安徽人、河南人，大家平时非常和气，说话满面笑容，只有一个公用水龙头，大家总互相谦让。我被米妁妙的话气得急火攻心，说给院子里的人听，院子里的人都帮我出主意。

一对过完年才搬来住的河南夫妻在老家驻马店包过果园开过面馆，也去广东卖过水果。他们六年前来北京，开始时也在医院里当护工，不到三四个月就跑出来，去做酒店服务员。后来，女人在一家美容院，男人在一家幼儿园，两人都做保洁工，直到两处歇业，两人回家近一年，这才重来北京。两夫妻非常温和斯文，性格像乡村教师，双双劝我另找工作，并马上为我行动。他们先是为我找了二环内的一家美容院，月薪五千，但距离太远。后来，他们帮我找到了黄寺大街一栋大厦内的保洁工作，这份活我一直干到今天。

一路走来，向南，向北，多少陌生人，见一眼就成了朋友，在关键时刻互相扶持，有时又借力一托。回头想想，米妁妙也是催我向前跳跃的劲力鞭手啊，尽是值得感恩的人。我又想起黎美芳教我的办法，驻马店的姐们儿也这样教我，另找工作就请假，但是以什么理由呢?

驻马店夫妻俩的独生儿子毕业于南京的一所重点大学,那位姐们儿未婚的准儿媳去年怀孕时妊娠反应强烈,便让她这准婆婆去照顾了一两个月。她教我也用这借口,于是我去黄寺大街上班后,在三元桥向米妫妙请假,说要去上海照顾初怀孕的儿媳妇,实际上为的是等这边的工资结清。他们不敢扣押我的工资,而我主动离开也给了他们一个台阶下。

黄寺大街和三元桥只相隔三四站公交的路程,站在如今这栋大厦的窗前望东南方向,能看见以前上班的大厦楼顶的红字招牌。虽同属于三环,但这片街区的工作环境、工资待遇都比三元桥那里好很多。在这里,我们中午被允许休息一个半小时,物业也并非外包公司,而是由集团自己的人员组成,颇有一种文化精神。

这家保洁公司由三个北京土著合伙成立,这三个年近五十的精干人物都很善良且有人性,对员工没有任何苛责,月薪近五千元。我十分知足,因为我深知好人难遇,必须珍惜。

2021年春夏那小半年,我被折磨得够呛,过年前画了那幅麻雀后，几个月都无法再画画。而现在情况好转，生活逐渐安定下来，加之黄寺大街比三元桥早一小时下班，我丈夫回家后先做好饭，支持我每晚画两小时的画。

从七月开始，我先是画了一幅《家园》：一棵盘根错节的巨树枝繁叶茂，远处隐约有村舍，村后的地平线很低，天空湛蓝垂下，直吻黄土平川，映衬出一树金黄的叶，一个代表家主的男人气定神闲地立于画的前景，他眼里放出坚毅的光芒，脚旁跟着他的狗。

我们是北漂，是漂族中底层的一群。我想家了，渴望回到我生存不了的那片家园，于是画一幅画，让我的心住进去，让我和我自己沟通。

接下来画的是意大利的一座修行岛，在静穆、遥远的海边，岛上只有男人，女人不被允许上岛，男修士们在海岛上种粮食、蔬菜和水果。

不要说世界另一边的那座岛，即使是北京，除了顺义的郊外、朝阳的孙河、怀柔的红螺寺，以及向往了大半辈子的天安门、故宫、圆明园、北海公园、鸟巢，我没去过的地方太多了。走到哪儿算哪儿吧！

这幅修行岛的照片我保存下来已有三年多。之前在官庄中学就想画它,因为它的景色神秘而清净,如此吸引我的思绪,但那时我自觉能力不足,便拖延至今。

到了北京,我虽很久没画画,技法生疏,但是一直在读书、思考,心中与那座岛有了更多共鸣,便开始画它。我不着急,构思成熟才下笔,不成就修改,怕什么失败?我这一生的内容尽由失败组成,况且不为卖画或讨好谁而画,只为边画边游玩。

历时三个月,我完成了这幅长四十厘米、宽三十厘米的小画,其间我作为被禁足的外国女人,多次登上那座岛,留下了我自己的童话与奇遇。

再接下来,画鸳鸯栖于梦泽。三只毛羽绚丽的鸳鸯待在斜水树枝上,春天刚到,远处露着点儿浅绿,分不清是绿染了天色,还是天落在绿色上,鸳鸯的身下是深深浅浅流动的河水。其实画的是我们一家三口。

人生就是如此,即便是一家人,也只是短暂相聚,又各自飘零。

深秋,我画了一条激流奔涌的河,浪石险滩,两岸是怪凸岩崖和生命力旺盛的秋林，河水坚定地流向远方。我酷爱秋天，在秋天，我心中总能跳出许多伤感的密码，跳出许多奇妙的怀念和思绪，尽在这条河流中。

2021年大年又至，趁着放假，我蚂蚁搬家似的悄悄把画架、画材搬到我工作处的一个小工具间里，平时不会有人去那个地方。

因为是新年，必须吉祥，我便画一幅《扬帆》。一条宽阔激越的河流上，有一道河湾，没有码头，但岸上有几户人家，几条木船停泊在河面上，帆已挂好，是晴朗的好风天气。

在北京，又是一年春好日，窗外已是绿意欣欣的样子。

二〇二三年春天，于北京

流动的生活

项脊轩

在很长一段时间里，我都把摄影当作我认识社会、记录社会的工具。不知不觉间，围绕着"女性劳动者"，竟也形成了一系列的照片。

准确来说，我拍摄的主体，主要是处于社会边缘的女性劳动者，或者说是基层女性劳动者。相对于基层男性劳动者来说，她们不仅面临着来自生计上、工作上的压力，还身负家庭中"母职""妻职"的重担。

收录于此的照片，并不是扛着长枪短炮的设备刻意地摆拍，其间的光影、构图也并非刻意营造。我更关心的是，照片背后一个个真实且具体的生命，她们的遭遇与"历史"，以及现下的困惑。

一位外卖员从白石洲迎面而来。这张照片拍摄后的几年里,白石洲很多地方已经拆迁,起了高楼。很多时候,我们都用"外卖小哥"来指代外卖员,但其实外卖员中不乏女性。

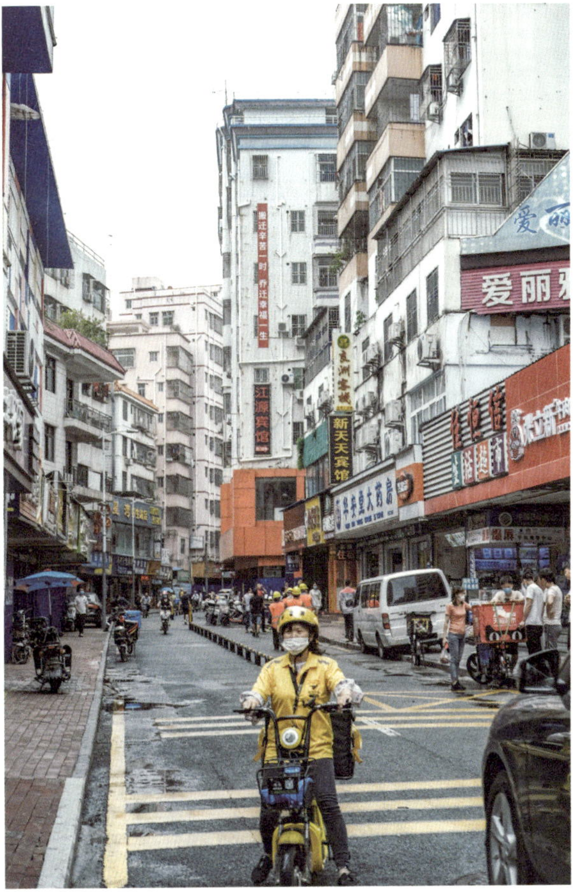
搬迁辛苦一时 乔迁幸福一生
江源宾馆
新天天宾馆

顶着白发的水果摊贩推着板车，她要抢占一个好位置，同时还要应对不时出现的"城市管理人员"。

烈日下,遮阳伞永远保护着水果,而她的
后背早已大汗淋漓。

早市上卖海鲜的摊贩。她要在早市结束前，努力将面前的海鲜都卖完。

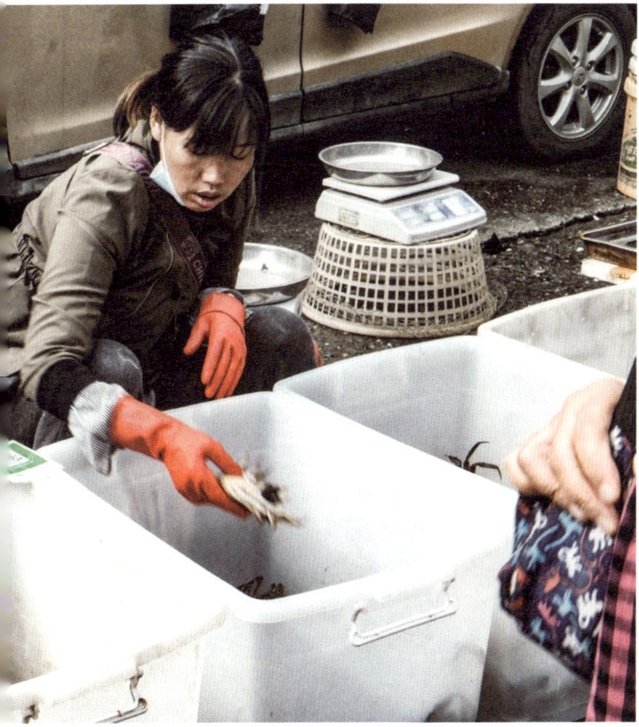

在枯水期的河道形成的早市上，一位摊贩在摆摊时，不得不分出一部分精力来照顾她的孩子。

家务是工作，育儿也是工作。这是我在云南的一个节庆活动中所拍摄的妇女和她家的孩子。"乖宝宝一生平安"是妈妈们对孩子们的美好期许，在育儿的过程中女性往往付出了更多艰辛。

一位年长的女工在招聘启事旁徘徊,她需要细细比对每家工厂或其他用人单位的工资与福利。同时,她还需要认真查看她的年龄是否符合招聘的要求。

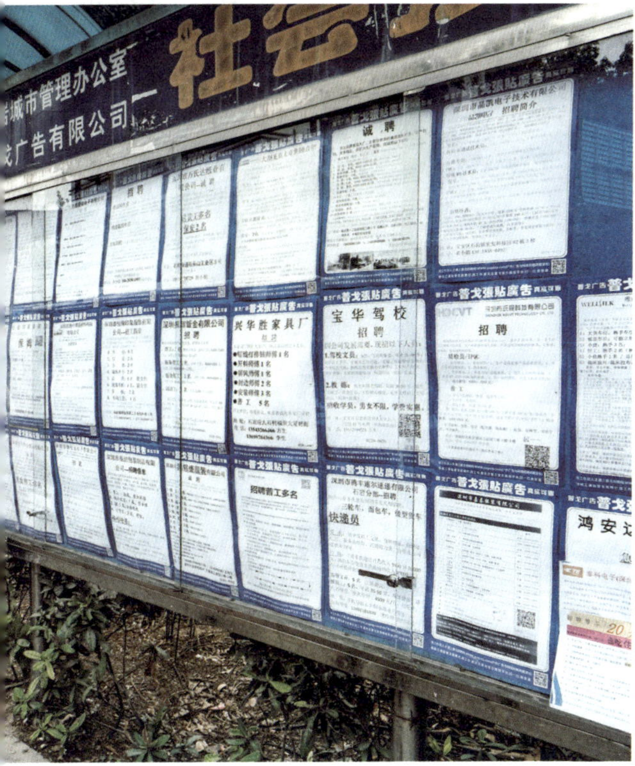
城市管理办公室
广告有限公司
诚 聘
普戈張貼廣告
宝华驾校
招聘
兴华胜家具厂
招聘
招聘普工多名
快递员
鸿安

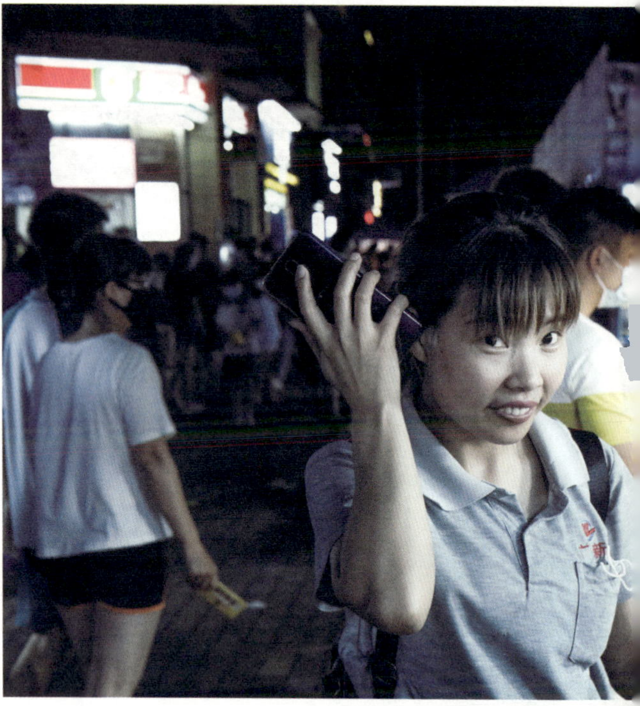

在广州的永和工业区,忙碌了一天的女工收到来自家人的语音消息。多数时候,在珠三角,女工一个月的工资在3000元到5000元之间。

路边的"苍蝇馆子"是工友们下班后喜爱光顾的地方,这里价格便宜、分量足。锅盔店里的女主人在准备明天的食材。

一名社企女工正在劳动。有公益机构尝试开拓"社会企业"的形式,实践一种生产者共同管理、自主运营的企业模式。

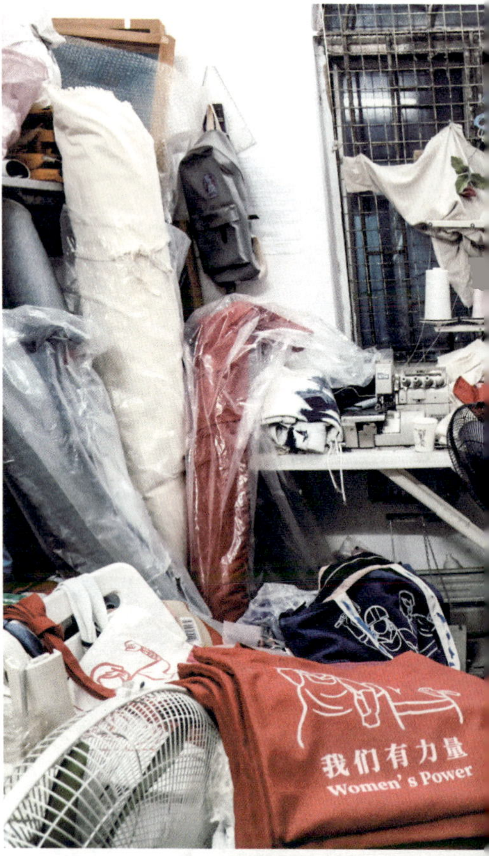
我们有力量
Women' s Power

在"社企"发展初期,条件有限,她们只能在狭小的房间里工作,但是"社企"赋予了她们主体性,让她们可以自立。

每到过年，她们往往要收拾出大包小包的行李赶回家乡。和地铁里衣着光鲜的上班族相比，她们的行李箱满是尘土、锈迹斑斑，两个鼓鼓囊囊的编织袋里，塞满了一年的辛酸苦辣。

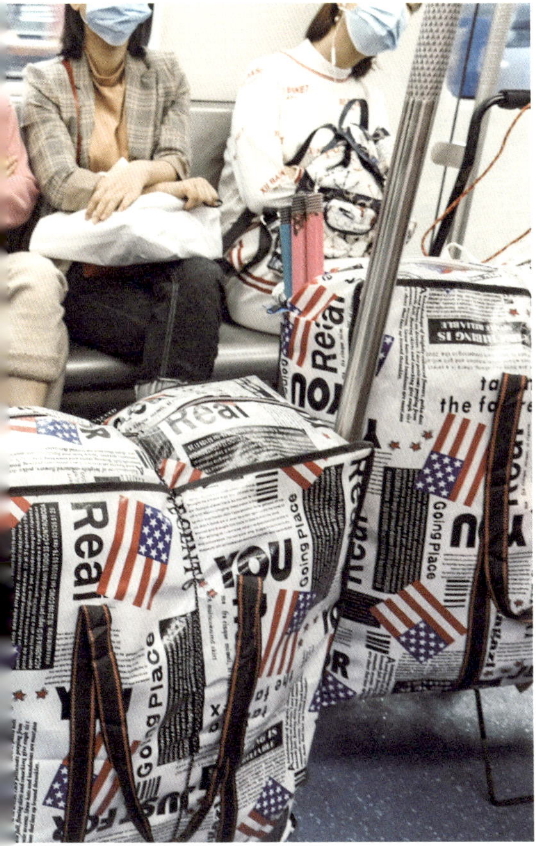
Real
Going Place
YOU
the fa

在城市，她是工厂的女工。回到农村，她成了一名牵着马通过旅游经济挣钱的村民。

也许对于很多人来说，基层劳动者总是被忽略、被忽视的人群。我的摄影，只是一块"砖"，寄希望于通过"呈现"与呈现之后的"被看见"，引起思考与关注。

必须要提出的是，虽然我记录着我所看到的"她们"，但我同时也清楚地意识到摄影背后的凝视以及摄影本身的剥削性。

于是我还同时要说的是，"看见"只是第一步。